David Schalko

FRÜHSTÜCK IN HELSINKI

Roman

GEGRÜNDET
1999

David Schalko

FRÜHSTÜCK IN HELSINKI

Roman

Czernin Verlag, Wien

Gedruckt mit Unterstützung der Stadt Wien / MA 7

Bibliografische Information Der Deutschen Bibliothek
Schalko, David: Frühstück in Helsinki / David Schalko
Wien: Czernin Verlag 2006
ISBN 10: 3-7076-0204-4
ISBN 13: 978-3-7076-0204-3

Umschlaggestaltung: Ulrich Schueler
Satz und Layout: Elisabeth Natz
Lektorat: Florian Huber
Druck: Druckerei Theiss, St. Stefan
ISBN 10: 3-7076-0204-4

When I get what I want then I never want it again

aus dem Song *Violet* von THE HOLE

Tokio

Wenn man aufhört, seine Freundin zum Flughafen zu bringen, kann dies 3 Gründe haben:

1. Man ist einfach schon ewig zusammen.
2. Man besitzt kein Auto.
3. Die Freundin ist Flugbegleiterin.

Da in meinem Fall alle 3 Gründe zutreffen, sitze ich relativ entspannt im Leavingroom, nippe an meinem Pink Aruba, starre auf die Fototapeten an der Wand und lausche abwechselnd *Mr. Vain* in der Version des Axel Boys Quartets und Paul, der mir schon wieder sein Lebenslaufproblem auftischt.

April 2001. Die Apokalyptiker haben sich zurück in Klausur begeben. Wir fühlen uns unbezwingbar, als hätten wir das Schlimmste bereits überstanden. Die kitschigen Fototapeten, die von den Alpen bis zu den Tropen alle Klimazonen abdecken. Vor dem karibischen Wasserfall DJ Jacques, der mit seinem 80er Jahre Polizeischnurrbart und der gesichtsfüllenden Carrerasonnenbrille wie das Beiwerk zu einem italienischen Softerotikfilm wirkt.

Lisa ist für 10 Tage nach Tokio. Sie wird also weder anrufen, noch besteht die Gefahr, dass sie überraschend früher auftaucht. Stattdessen wird sie sich im Karaokeecontainer vor dem Flughafenhotel die rote Uniform verschwitzen, sich von Japanern Bier auf die Bluse schütten lassen, um schließlich mit einem besoffenen Piloten irgendwo zwischen 50 % und 80 % Luftfeuchtigkeit auf einem quietschenden Bett zu landen. In 10 Tagen wird sie erzählen, wie langweilig und heiß es wieder war. Lisa! Wir sind seit 2 Jahren zusammen. Haben regelmäßig wenig Sex. Der Mythos von Ferne, der einst an deiner hautengen Uniform klebte, ist restlos ausgewaschen. Die Hoffnung auf Langstreckenflüge, die dich für 10 Tage aus meinem Leben entfernen, wird stärker von Mal zu Mal. Es ist mir scheißegal. Von mir aus kannst du atompilzartig halb Japan vögeln. In Europa wird dieser Schmetterlingsschlag sicher keinen Orkan auslösen.

Oh Gott, wann werde ich endlich aufhören eifersüchtig zu sein?

Paul stellt seinen Ex-Aruba vor Zanzibar.
– Tokio also?
– Tokio also.
– War noch nie in Tokio. Soll heiß sein.
– Ist es auch. Heiß und vergnügungssüchtig.
– Rappongi?
– Ja, ich glaube so hieß das Viertel. Soll ich dir noch mal die Geschichte von dem Karaokepuff erzählen?
– Das mit den Einzelzimmern. Wo man sich zum Vorspiel ansingt? Nein, danke.
– Vergiss Tokio. Berlin, das ist eine Stadt.
– Ja, aber nach Berlin geht jetzt wirklich schon jeder.
– Was ist schlecht daran, wenn viele Leute in eine Stadt ziehen? Ist doch ein gutes Zeichen.
– Warum sollte ich in irgendeine Stadt ziehen, in der ich wieder von denselben bekannten Gesichtern terrorisiert werde. Wien ist ja auch ein einziger Bekanntenkreis.
– Vielleicht sollte man einfach hier bleiben und warten, bis alle weggegangen sind.

Wir stoßen an und starren für 3 Momente gegen die Fototapete von Zanzibar.

Moment 1: Mein Leben, ein einziger Kurzstreckenflug

Seit ich beschloss, aus Wien wegzugehen, gleicht mein Leben einem europäischen Kurzstreckennetz. In 10 Jahren 8 Beziehungen, 36 Seitensprünge und 14 amtliche Berufsbezeichnungen. Seit 10 Jahren bin ich damit beschäftigt, meinen Terminkalender vollzustopfen. Alles nur, um zu behaupten: Diese Stadt bringt mich um. Seit 10 Jahren habe ich mir vorgenommen, diese Stadt zu verlassen.

Moment 2: Destination anywhere

Und seit 10 Jahren heißt es: einfach weg. Selbst bei genauer Betrachtung lässt sich kaum eine Richtung festmachen.

Berufe: Security bei Rockkonzerten, Barkeeper, Botenfahrer, Meinungsforscher, Bankangestellter, Werbetexter, Kundenberater in einer Zoohandlung, Journalist, Internetspezialist, Reiseleiter, Plattenverkäufer, Veranstalter, seit kurzem Sexkolumnist.

Beziehungen: Claudia, die das Parfum meiner Mutter benutzte. Marlene, die wollte, dass ich bin wie Norbert, der sie kurz zuvor verlassen hatte. Als sie mich im Bett einmal so nannte, einigte man sich auf ein schnelles Ende. Gleich danach: Katharina. Sie liebte mich nie für das, was ich war, sondern immer nur für das, was ich sein wollte. Als sie merkte, dass ich zwar wie eine Langstreckenmaschine aussehe, aber eigentlich nur für die Kurzstrecke tauge, beschloss sie, ausgerechnet bei Gerald P. zu landen. Als Gegengeschäft tröstete ich dessen zurückgebliebene Ex namens Barbara. Aber Barbara war von Grund auf ein sehr trauriger Mensch. So traurig, dass sie zu allem weinen konnte. Schlechtes Wetter, mäßiges Fernsehprogramm oder eine Zugverspätung warfen Barbara

in einen Zustand so tiefer Traurigkeit, dass sie von stundenlangen Heulkrämpfen gebeutelt wurde. Als ich ging, weinte sie nicht. Bettina war ein Sonnenschein. Leider fühlt sich die Sonne bemüßigt, für alle zu scheinen. Sie hielt mich für einen Spießer und meinte:
– Ich brauche einen Mann, der stark genug für mich ist.
Was dazu führte, dass Bettina mit meinem Freund Thomas schlief. Ihre beste Freundin Yvonne bestand ganzkörperlich aus Kopf. Was in Bezug auf Oralsex durchaus von Vorteil wäre, wenn sie dabei nicht ständig Sartre oder Sloterdijk zitierte. Das Projekt Britta: Ein kurzer Ausflug in die Themenbereiche konsumsüchtiger Wahnsinn und kastrierender Dominasex. Ich habe nicht mehr weitergesucht und schließlich Lisa gefunden. Vor ein paar Monaten hat Lisa mir gestanden, dass sie gedenke, zur Bodenstation zu wechseln. Seit diesem Moment suche ich nach den Tanklagern, um meine Maschine für eine Langstreckenflucht zu rüsten.

Moment 3: Der Grund für alles: Nina

Hätte mich Nina nicht verlassen, wäre das alles nicht passiert. Sie war der süße Duft von einem anderen Leben, weitab von jeder Greifbarkeit, ein zauberhaftes Geschöpf aus einer fernen Welt, dieses Verlangen, das man nur kennt, wenn man hungrig im Supermarkt einkauft …

– Wusstest du, dass Freddy Mercury auf Zanzibar geboren wurde?
– Wie bitte?
– Wir sind jetzt 28. Und unser Leben ist nichts wert. Freddy hat sein Leben gelebt.
– Es kann nicht jeder Popstar werden.

– Wer will schon Popstar sein.
– Leute wie wir.
– Ich will nur ein aufregendes Leben leben.
– Du meinst ein bedeutendes.
– Ich will, dass sich jemand an mich erinnert.
– Du wirst trotzdem sterben.

Paul hat zwar Recht, dass Wien nicht unbedingt für Initiative und Vitalität steht. Nicht umsonst ist die Wiener DJ-Schule die Overchillschlaftablette schlechthin. Andererseits: Was kann eine Stadt für Pauls Lebensfrust. Wäre er denn ein anderer in Berlin, London oder New York. Die meisten Wiener, die wegziehen, um der Welt das Leben zu lehren, kommen nach 2 Jahren wieder.

Die 3 meistgehörten Sätze:
– Die Welt ist einfach so unentspannt.
– Im Ausland versteht man den einzigartigen Wiener Humor nicht.
– Ich bin nur kurz hier, fahre aber morgen schon wieder weg.

Allein vom letzten Satz könnten Generationen zehren. Die bittere Wahrheit: Die meisten fühlen sich in ihrem Selbstmitleid wohler als irgendwo anders – nämlich dort, wo es keine Ausreden mehr gibt. Oder, um es mit den Worten Oscar Wildes zu sagen: Nur eines ist schlimmer als unerfüllte Träume. Erfüllte Träume. Hier im Leavingroom zu sitzen und von dem Strand auf Zanzibar zu träumen, ist wahrscheinlich besser als wirklich dort zu leben … Bullshit. Paul hat Recht. Nichts geht. Alles verspielt. Die Zeit läuft davon. Und wer trägt die Schuld? Natürlich Wien.

Und plötzlich ist sie da. Zuerst nur eine magische Silhouette mitten am Strand von Zanzibar. Ihre Hüfte bewegt sich lasziv zum Rhythmus von DJ Jacques französischer Pornojazzmusik. In ihrem Seidenhosenimitat wirkt sie wie eine verlorene Bauchtänzerin auf einer verlassenen Oase. Ihr Lächeln zieht mich in die von Feuchtigkeit geschwängerte Luft Tokios. Plötzlich trage ich eine dunkelblaue Uniform und wünsche mir eine Gruppe Japaner, die dieser Dame Bier auf die Bluse schüttet. Wankend stehe ich auf, um mindestens so lasziv entgegenzuhalten. Es ist Tania, von der alle glauben, dass sie seit 2 Jahren in Los Angeles lebt. Als erfolgreiches Model, das mit Hollywoodgrößen vögelt und für den Präsidenten Apfelstrudel bäckt.

– Tania?

Übertrieben freudig zieht sie ihre Augenbrauen hoch und setzt ihr bestes Blitzlichtlächeln auf.

– Yes. Daniel? Du siehst ja total wonderful aus.

Nichts ist schlimmer, als Menschen, die versuchen einem vorzugaukeln, sie wären jetzt schon so lange weg, dass sie beinahe die deutsche Sprache verlernt haben. Wenn sie vortäuschen nach Worten zu suchen und stattdessen englisches Vokabular einwerfen, obwohl ihr Volksschulenglisch über „Anne and Pat“ nicht hinausreicht.

– Hi Tania. How are you? Aren't you in Los Angeles?
– Yes, wonderful. Bin nur bis morgen here. Es ist einfach so beautiful dort in L.A. Und du? Hast Du eine Freundin?

Oh, mein Gott. Ich hasse mich dafür. Ich hasse mich für meine scheiß Englischnummer. Aber noch mehr hasse ich mich für den nächsten Satz und meine alkoholbedingte Geilheit.

– Not really. Das ist bei mir gar nicht möglich. Ich weiß ja nie, wie lange ich hier bleibe. Könnte morgen schon in Berlin sein. Du weißt ja, wie das ist.

– Berlin? Alle gehen nach Berlin. What is it?
– Weiß nicht. Ist einfach anders. Und L. A.?
Doch Tania hat sich bereits weggedreht, um den nächsten Bekannten zu begrüßen. Wien ist ein einziger, gemeinsamer Bekanntenkreis. Als ich mich hinsetzen will, merke ich, dass Paul mit seiner Ex Veronika tanzt. Heute ist es wieder soweit. Einmal im Monat, wenn beide gehörig betrunken sind, fallen sie übereinander her und ficken auf Vorrat. Sie benutzen sich gegenseitig als Ausrede, keine neue Beziehung einzugehen. Veronika jobbt in einer dieser Innenstadtboutiquen. Sie interessiert sich für Tanzen, Beverly Hills 92 fuck you 2 und ihr Aussehen. Um letzteres ist jeder Sexualpartner zu beneiden.

20 Minuten später liegt Paul mit ihr vor der Fototapete. Geil wie Boris Becker 2001.

Der Leavingroom füllt sich allmählich. Die feuchte, drückende Luft bewirkt eine Art verzweifelter Geilheit, die es beinahe unmöglich macht, heute Nacht allein nachhause zu gehen. Lisa ist in Tokio. Und ich bin es auch. Wir sind beide weg. Weg voneinander, mit dem Wissen jederzeit zusammen zu sein. Wo ist Tania?
– Einen Drink?
Tania dreht sich verwundert um. Ich habe sie gerade aus einem Satz wie:
– Du bist total beautiful
gerissen. Ich bereue nichts. Irgendein scheiß Werbefuzzi, der genau wie ich keine Ahnung hat, was er mit seiner geborgten Zeit anfangen soll, wirft mir einen giftigen Revierblick zu. Sorry, ich bin leider zu bekifft, um noch Anstand zu zeigen. Tania lächelt angenehm überrascht zurück. Endlich einer, der die stupide Tour mit Los Angeles und Lala-Land kapiert. Drink oder nicht Drink?

– Ja, gern.
– Ole.

40 Minuten sinnloses Lala-Land-Blabla. Mit der Geduld eines Lamas höre ich mir jede scheiß Modelgeschichte an, ertrage jede aufschneiderische Lüge über nie stattgefundene Celebritybekanntschaften. Ja, auch zur „Wien ist so scheiße"-Tour nicke ich artig. Als nächstes spüre ich nur noch die warmen Silikonlippen von Tania und die kalten Blicke der neidigen Mitbewerber.

Schnitt.

Ich liege mit Tania in einem kleinen quietschenden Bett. Die Luftfeuchtigkeit beträgt irgendetwas zwischen 50 % und 80 %. Ich hatte doch eben noch diese blaue Uniform an. Und wenn Lisa kommt, werde ich sagen, es war langweilig und heiß wie immer. Fuck it. Ich glaube, dass Tania gut fickt. Zumindest in meinem Kopf. Im Kopf war Tania ein Star. Und ich ihr kleiner Celebrity. Und – oh Gott – bin ich froh, dass sie morgen wieder ins Lala-Land verschwindet und uns nichts peinlich zu sein braucht. Beim nächsten Mal ist alles vergessen. Beim nächsten Mal werde auch ich sagen
– In Berlin ist alles total easy. Bin nur bis morgen hier.

Eine Woche später trifft man Tania im Leavingroom. Weniger Lala. Von weniger Bekannten umgeben. Das Tokiosyndrom. I'm Mr. Vain.

Capri

Seit 10 Minuten läutet Tanias Wecker.

Ich träume diesen Traum nun schon seit gut 10 Jahren. Ich befinde mich auf einer Party, an der nur berühmte Menschen teilnehmen. Da ich hier die einzige unbekannte Person bin, starren mich alle an. Doch ich habe ein Recht hier zu sein. Es ist mein Geburtstag. Man spricht mich an. Die Schauspielerin mit dem Spiegel im Gesicht, der Maler, in dessen Pupillen ein leichtes Störbildflimmern zu erkennen ist, die Fernsehmoderatorin, die in staccatoartigem Gekeuche Nachrichtentexte rezitiert, der Popstar, der seinen Schweiß in Marmeladengläsern feilbietet, der Architekt, der sagt, es sei leichter zu springen, als sich fallen zu lassen, der Politiker, der sich interessiert den Marmeladengläsern des Popstars zuwendet. Die Pornoqueen, die von der Aristokratie der Phallusgrößen philosophiert, die alte Frau, die gerade aus dem Koma erwacht war, die aber von jedem erkannt wurde und mich fragte, welcher Tag heute sei, der Sportler, der in einem Plastiksack eine blutende Niere mitgebracht hat, der Zirkusdirektor, der einen extrovertierten Schönheitschirurgen abrichtet und 400 Menschen von der Straße, denen man ihre garantierten 15 Minuten gewährt.

Schnell avanciere ich als einzig Unbekannter zur größten Berühmtheit dieses Abends. Ich trinke sehr viel und habe mich bereits an die einlullende Aufmerksamkeit der abwesenden Blicke gewöhnt, als plötzlich ein Telefon zu läuten beginnt.

Als nach minutenlangem Läuten noch immer keiner rangeht, begebe ich mich auf die Suche. Erst jetzt merke ich, dass dieser Raum durch keinerlei Wände begrenzt ist, dass man sich kennt und küsst bis über den Horizont hinaus. Millionen von Berühmtheiten hier. Mittendrin ich, den keiner kennt. Gemurmel. Und dieses Telefonläuten, diese klirrende Penetration, die kaum zu ertragen ist. Keiner geht hin. Unaufhörliches Läuten. Es scheint, als würde nur ich dieses Läuten hören. Ist dieser Anruf für mich? Verschwitzt, hektisch dränge ich mich durch die Menge, Gespräche verstummen, schweigende Blicke und der blanke Schrei dieses Telefons. Ein dringender Anruf, das kann man am Läuten hören. Um Atem ringend mache ich die Berühmtheiten darauf aufmerksam, dass doch jemand rangehen möge. Wer weiß, wer dran ist. Könnte wichtig sein. Sie lachen und ich laufe gegen den unaufhörlichen Horizont, immer schneller laufe ich durch die Menge. Nach Stunden des Umherlaufens treffe ich wieder auf dieselben Menschen. Doppelgänger, bis in alle Ewigkeit reicht diese Party duplizierter Berühmtheiten. Seit 10 Minuten läutet der Wecker von Tania.

Seit 10 Jahren läutet in meinem Kopf ein Telefon und keiner geht ran. Dieses Läuten treibt mich von einer Frau zur nächsten, von einem Job zum anderen. Es lässt mich ruhelos umherirren. Atemlos rase ich durch mein Leben, wie durch die Menge der Berühmtheiten. Doch ich konnte den Apparat nicht finden. Seit 10 Jahren suche ich jemanden, der rangeht. Seit 10 Jahren suche ich denjenigen, der anruft. Seit 10 Jahren suche ich Nina.

Ich höre, wie Tania aufsteht, rieche ihr Parfum von gestern Abend. Ein kurzer Moment des schlechten Gewissens, der sofort von der Panik, erwischt zu werden abgelöst wird. Ich spüre Tanias beiläufigen Blick auf meinen schlafenden Körper. Sie duscht, zieht sich an und kritzelt etwas auf ein Blatt Papier, das sie neben den Wecker legt. 2 Minuten später fällt die Eingangstür ins Schloss. Wie gesagt, es muss uns nichts peinlich sein. Es gibt aber auch nichts, über das wir reden müssten. Auf dem Papier steht:

– *Ein Kuss aus L.A. Tania.*

Noch nie wurde ich mit einem Postkartentext aus einem One-Night-Stand entlassen. Jet Set, Baby.

Es ist Montag. Wie jeden Montag sitze ich vor einem weißen Blatt Papier, um 3000 Zeichen zum Thema Ficken zu schreiben. Seit 2 Jahren. Inzwischen fallen mir keine Themen mehr ein, die nicht bizarr genug wären, um in irgendwelchen Fetischmagazinen Platz zu finden. Das mit der Sexkolumne war von Anfang an ein Fick ins Knie. Ich weiß nicht mal, ob irgendjemand diese scheiß Kolumne liest. Meine Hände riechen nach allem, was Tania zu bieten hatte. Mir fällt kein geeignetes Thema ein. Ich schreibe Sätze wie: „Frauen täuschen Orgasmen vor, Männer die Anstrengung." oder „Freiheit heißt, wichsend auf einem Flugzeugfriedhof zu stehen." 8 Beziehungen und 14 Jobs in 10 Jahren. Von den 36 Seitensprüngen mal abgesehen.

– 13 Jobs in 10 Jahren. Sie scheinen ein sehr sprunghafter Mensch zu sein.
– Ich sage Ihnen die Wahrheit. Ich habe das Richtige noch nicht gefunden.
– Vielleicht haben Sie noch nicht richtig gesucht.
– Vielleicht habe ich eben immer nur gesucht.
– Was macht Sie eigentlich so sicher, dass Sie ein geeigneter Sexkolumnist sind?
– Ich kann verdammt gut ficken.

Die Chefredakteurin ist 40 und wir haben nur einmal gebumst. An dem Nachmittag, als wir dieses Vorstellungsgespräch führten. Ob ich schreiben konnte oder nicht, schien zu diesem Zeitpunkt keine Rolle zu spielen. Vielmehr imponierte ihr mein selbstbewusstes Gehabe, aus dem sie schloss, dass ich tatsächlich ein göttlicher Bumser sei. Eine Zeit lang zählte eine weibliche Eroberung mehr als alles andere. Doch die Frauen, die ich wollte, bekam ich nie. Nina hat mich verlassen. Ich glaube, das habe ich bereits erwähnt.
Auf jeden Fall blieb es bei der einmaligen Bumserei. Wahrscheinlich hatte die stets schwarz gekleidete Journalistin schnell begriffen, dass dieser bellende Hund keine erogenen Zonen beißt. Ich schätze allerdings ihre direkte Art. Eine Frau, die weiß, was sie will. Im Bett und in ihrer verschissenen Zeitung. Eine Frau, die Männern Angst macht. Weil sie ihnen das Gefühl gibt, nicht gebraucht zu werden. Anstelle eines verlogenen Liebesgeflüsters, hielt sie mir einen Monolog über die Überflüssigkeit des Mannes im neuen Jahrtausend. Die Conclusio:

– Ihr Männer seid nur zum Vögeln gut. Wenn ich Kinder kriegen will, brauche ich euch wie Hämorrhoiden im Arsch.

Husten. Kratzen. Nicken. „Na, was?"-Blick.

– Ach ja, du hast den Job.

Meine letzten Ergüsse zum Thema Sex waren weder besonders amüsant noch tiefsinnig. Aber muss man mich deshalb gleich zu einem gemeinsamen Abendessen zitieren? Dass dort nur über das Thema Bumsen gesprochen wird, ist klar. Dass mir dort ein Ultimatum gestellt wird, unausweichlich.

– Schreib doch über: Ich will mit meinem besten Freund.
– Paul, bitte halt dich aus meinen scheiß Kolumnen raus.
– Dann halt du dich aus meinem Leben raus.
– Was soll das jetzt heißen?
– Ich verweise auf Kolumne Nr. 19. Thema: Sex mit dem Ex.
– Du bist kein Einzelschicksal.
– Mit dem besten Freund? Ebenfalls kein Einzelschicksal.
– Das habe ich auch nie behauptet.

Lisa war nach 10 Jahren die erste Frau, bei der ich das Gefühl hatte, jemanden wirklich erobert zu haben. Schließlich waren wir einmal das, was man beste Freunde nennt.

– Ich habe dir immer gesagt: Männer und Frauen können keine Freunde sein.
– Nicht solange der Sex zwischen ihnen steht.

Ich war an einer Freundschaft mit Lisa nie sonderlich interessiert. Für mich war sie von Anfang an nur ein Vorwand, um in Lisas Nähe zu sein, um den richtigen Augenblick zu erkennen, um dann mit der Präzision eines Scharfschützen abzudrücken, um Lisa schließlich mit einem Kuss zwischen die Augen zu erlegen. Erst seit Nina halte ich die Augen beim Küssen geöffnet.

3 Jahre lang waren wir so etwas wie beste Freunde. Ich kannte jedes Geheimnis dieser Frau. Trotz dieser Vertraulichkeit trennte uns all die Jahre eine transparente Wand, die Sex unmöglich machte. Vielleicht war eben diese Vertraulichkeit daran schuld. Was weiß ich? Auf jeden Fall verkörperte Lisa mit dieser offenherzigen Unnahbarkeit, das, was meinem Fraue-

nideal am nächsten kam. Eine Frau war für mich nur solange interessant, solange ich sie nicht kriegen konnte. Unsere Nähe und Vertrautheit erzeugte eine erotische Spannung, von der ich 3 Jahre lang zehrte. Ich brauchte nur eine Vorstellung im Kopf. Ich war immer nur in Vorstellungen und Bilder verliebt.

– Warum hast du dich eigentlich in Lisa verliebt?

Paul kann sehr hartnäckig sein. Besonders, wenn er schon einen über den Durst getrunken hat.
– Warum ist wohl die falsche Frage.
– Warum?
– Wenn ich einen Grund dafür gehabt hätte, dann wäre es wohl keine Liebe?
– Ist es das? Liebe.
– Ich weiß es nicht.
– Also warum?
Paul wendet den Blick zur Kellnerin, um hektisch einen Stoli zu bestellen. 3 Sekunden Zeit, um eine Antwort zu finden.

Sekunde 1
Liebe ich Lisa?
Antwort: Ja

Sekunde 2
Wer ist Lisa?
Antwort: Lisa ist mein Zuhause.

Sekunde 3
Wer verdammt ist Lisa?
Antwort: Lisa ist Tokio, Paris, New York, Amsterdam …

– Ist das wirklich Lisa oder ist das Lisa, wie du sie siehst?
– Liebt man nicht immer nur das, was man sieht.
– Du meinst das, was man sehen will.
– Ich glaube, Lisa ist einfach das, was ich nicht bin.

10 Jahre und 14 Beziehungen. Ich habe immer nur Bilder geliebt, habe mich immer nur in Vorstellungen verliebt. So wie Jaufre Rudel, ein Dichter aus dem 12. Jahrhundert. Er liebte die Gräfin von Tripolis, obwohl er sie kein einziges Mal gesehen hatte. Er liebte sie nur aus den Erzählungen der anderen. Als er das ferne Land betrat, in dem die Gräfin lebte, fiel er um und starb. Manchmal stelle ich mir vor, ich sei dieser Rudel. Ich habe mich nie in einen Menschen, sondern immer nur in eine Vorstellung verliebt. In Vorstellungen, die dem Leben von Nina gleichkamen. In Vorstellungen, die so wenig wie möglich mit meiner eigenen Existenz zu tun hatten. Und wenn dann der wirkliche Mensch sichtbar wurde, fiel die Beziehung sofort um und starb.

Lisa sieht Nina verdammt ähnlich. Aber eben nur ähnlich. Lisa ist nicht fern. Lisa treibt mich in die Enge. Es gibt nur einen Ausweg.

– Lisa, ich liebe dich nicht.

Das wäre eine Lüge. Manchmal ist Liebe zu wenig. Manchmal ist Liebe zuviel. Manchmal geht Liebe nur, wenn man sich selbst nahe genug ist. Vielleicht kann man eben nur dann Nähe ertragen. Ich will weg. Ich will Nina. Ich will nur noch wollen und …

– Ist dir eigentlich schon mal aufgefallen, dass alle deine Freundinnen gleich aussehen?

Paul hält schon wieder ein volles Glas in der Hand.
– Ist dir eigentlich schon mal aufgefallen, dass du seit 10 Jahren die gleiche Freundin hast?

Kurzer Augenkontakt.
Kriegserklärung.
Themenwechsel.
Aber Paul hat Recht.

Nina sah aus wie Nina. Claudia sah aus wie Mutter. Marlene ein bisschen wie Mutter und Nina. Katharina versuchte zu sein wie Nina, sah aber leider aus wie Claudia und ist inzwischen Mutter – und zwar von Gerald P. Dessen Ex Barbara war optisch ganz Nina, fühlte sich aber an wie Katharina. Wenn Barbara traurig war, sah sie aus wie Mutter, wenn sie lachte. Bettina, der Sonnenschein, sah jeden Tag anders aus. Ich mochte sie an den Tagen, an denen sie aussah wie Katharina. Ihre beste Freundin Yvonne hingegen sah irgendwie gar nicht aus, wusste aber soviel wie Nina und Claudia zusammen. Britta war vom Typ her ganz Lisa, was wahrscheinlich daran lag, dass ich zu dieser Zeit in Lisa verliebt war. Und Lisa sah aus wie Nina.

19 Uhr. Auf dem weißen Blatt Papier von Sox keine Spur Stattdessen läutet der Wecker schon wieder in meinen bekifften Telefontraum hinein. Das Lokal heißt „Il Sole di Capri“. Ein kleiner Innenstadtitaliener mit großen Preisen und scheiß Bedienung. Man trifft sich hier. Man, das sind Frau Chef und ich. Wie erwartet trägt sie dasselbe schwarze Kleid wie am Tag meines Vorstellungsgespräches.

– Wir müssen reden.

Diese Frau weiß, was sie will. Innerhalb von 7 Sekunden hat sie sich für 3 Gänge entschieden.

– Spielt Sex dabei eine Rolle?

Ein unglückliches Wortspiel. Mit steinerner Miene knöpft sich Frau Chef den obersten Knopf ihres Oberteils zu.

– Wenn du damit die Kolumne meinst. Gewiss.
Die gleichgültige Kellnerin serviert lieblos 2 Martinis. Sie hat nicht einmal den Anstand, unfreundlich zu sein.

– Ich habe die Leserbriefe deiner Kolumne durchgesehen …
– Leserbriefe? Ich wusste nicht mal, dass irgendjemand diesen Schwachsinn liest.
– Tut auch keiner. Es gibt nämlich keine Leserbriefe. Und genau das ist unser Problem.

Großartig. Man breitet vor der Öffentlichkeit sein Sexualleben aus. Und es interessiert keine Sau. Die Leserinnen dieses Blattes müssen wohl wie diese Kellnerin sein, die mich gleichgültig fragt:
– Was darf's sein?
– Eine Minestrone, Gnocchi alla casa und Mousseau au chocolat danach.
– Ähhhh. Für mich dasselbe.
Ein kurzer, abwertender Blick des Personals. Zurück ins Gespräch. Es ist einfach unglaublich, dass Frau Chef eine derartige Figur hält, obwohl sie 3 Gänge …
– Und deshalb habe ich einen Plan.
– Und was ist das für ein Plan?
Lasst mich raten. Ihr wechselt mich aus?

– Der Plan kommt in 15 Minuten.
– Der Plan kommt in 15 Minuten?
Bestimmt zündet sich die Chefin eine Zigarette an und bedeutet mit einem Augenaufschlag, dass bis dahin Themenwechsel angesagt ist.

– Bist du eigentlich böse, dass wir seit damals nicht mehr gebumst haben?

Reizüberflutung. Diese Frau weiß nicht nur, was sie will. Sie zeigt auch kein Interesse an harmlosem Smalltalk.

– Ähhh, nein, warum?
– Nun, weil die meisten Männer ein solches Verhalten auf die Qualität ihrer sexuellen Fähigkeiten beziehen.
– Ähhh, nein, keine Angst, ich kenne meine Qualitäten.

Natürlich habe ich es auf meine Fähigkeiten im Bett bezogen. Schließlich habe ich mich bis zu diesem Zeitpunkt für einen ganz außergewöhnlichen Bumser gehalten. Ich suche nach einer Möglichkeit, sie zu fragen, ob es etwas damit zu tun gehabt haben könnte, vielleicht doch so, dass sie es nicht merkt, dass es mich persönlich getroffen hat und sie mich trotzdem noch immer für den größten Bumser hält.
– Aber offensichtlich dürfte es dir nicht sonderlich gefallen haben
setze ich alles auf eine Karte. Die Chefin verdreht die Augen.
– Also doch?
– Also doch was?
– Also hast du es doch persönlich genommen.
Die Chefin lehnt sich bedrohlich nach vor. Angst.

– Hör zu, ich ficke normalerweise nicht mit dem Personal. Bei dir habe ich eine Ausnahme gemacht. Nimm das als Kompliment.
– Danke.
Kurzer Moment Stille.
– Also war ich doch der beste Fick deines Lebens.
Die Chefin lächelt ironisch und schüttelt den Kopf.
– Natürlich warst du das.
Wir stoßen an und damit ist dieses Thema für immer vom Tisch. Allerdings auch jede Chance auf Wiederholung dieses abenteuerlichen Nachmittags.

Die 15 Minuten ziehen sich wie eine deutsche Hip Hop-Nummer. Wir reden über die Strategie des Blattes und Frau Chefins Karriere. Sie mag es, bewundert zu werden. Sie liebt es, über sich selbst zu sprechen. Auf eine bizarre Art und Weise ist Chefin ein Mann. Aber vielleicht muss man maskuline Attribute annehmen – in einem Markt, der von Männern beherrscht wird. Dann endlich kommt Plan B durch die Tür. Plan B heißt Bettina. In der gleichen Sekunde rasen Bilder von ihrer stark behaarten Muschi und ihren prallen Brüsten durch meinen Kopf.

– Bettina?
– Ihr kennt euch?

Der Sonnenschein Bettina. 8 Monate lang teilten wir Bett und Körper. Die langen Ausgehnächte, die Blicke der anderen Männer und die Leichtigkeit des Lebens, die ausschließlich mit Sex und ohne Ziele auskommt. Wir waren 20 und wünschten uns vom Leben nichts, als dass alles so blieb, wie es war. Erst mit dem Wünschen kam das Unglück. 8 Jahre später sitzt Bettina nun vor mir. Wir haben uns seit damals nicht gesehen. Sie scheut vor langen, tiefen Blicken nicht zurück.

Das sieht Bettina ähnlich. Aber eben nur ähnlich. Bettinas Lippen wirken schmaler und das Haar sonderbar glattgepflegt. Ihr Duft, der einmal sehr blumig und weich die Männer an der Nase herumführte, reicht in seiner klinischen Härte bis zu mir herüber. Vor mir sitzt jemand, dessen Körper ich in- und auswendig kenne – ich bin mir sicher, mich innerhalb kürzester Zeit wieder zurechtzufinden – und doch habe ich das Gefühl, als handle es sich um jemanden, den ich nur flüchtig kenne, jemand, der mir von irgendwoher bekannt vorkommt, so als hätte man sich in einem früheren Leben getroffen. Wie ein Déjà-vu-Erlebnis sitzt Bettina vor mir und ich frage mich: Kann ich mich noch einmal in sie verlieben?

– Du bist also Plan B?

Bettina wirft der Chefin einen fragenden Blick zu. Die Chefin gibt sich amüsiert.

– Da ihr euch kennt, können wir uns ja die Formalitäten sparen.

Offensichtlich erwartet sich die Chefin eine ausführliche Schilderung der Umstände.

– Du solltest uns mal erklären, was hier vor sich geht.

Ich klopfe mir geistig auf die Schulter. Eine hervorragende 180-Grad-Wendung des Gespräches.

– Nun, ich habe mir gedacht, unsere kleine Sexkolumne könnte neuen Schwung vertragen. Deshalb habe ich eine kleine Konzeptänderung vorgesehen. Bettina und du werdet in Zukunft die Kolumne gemeinsam schreiben.

Das kann nicht ihr Ernst sein. Ich soll mit meiner Exfreundin eine Sexkolumne schreiben. Mit der Frau, die ich in flagranti mit meinem besten Freund im Bett erwischte, mit der Frau, die keine Ahnung hat, was Loyalität und Verantwortungsbewusstsein bedeutet. Eine Sexkolumne mit einer Frau, mit der ich schon 1000 Mal im Bett war. Ich hatte mir Bettina aus meinem Leben gewünscht und jetzt kommt sie Form einer Sexkolumne zurück.

– Ich weiß nicht, ob man so etwas zu zweit schreiben kann.

Die Chefin ist von meinem hilflosen Manöver nicht sonderlich beeindruckt.

– Wenn man zu zweit bumsen kann, dann kann man auch zu zweit schreiben.
– Wir haben schon miteinander gebumst. Und das hat auch nicht funktioniert.

Das wollte ich sagen. Es bleibt aber auf der Zunge kleben. Der warnende Blick von Bettina hat mich zum Schweigen gebracht.

– O. k.

O. k.? Was soll das jetzt heißen?

– Gut. Ich erwarte mir bis nächste Woche ein Konzept.

Bettina nickt. Die Chefin nickt. Dann lächeln alle. Und ich hänge sprachlos in der Luft. Wir reden noch 30 Minuten über das Blatt und die Chefin.

– Sprechen wir nicht ständig über mich. Sprechen wir über dich. Was hältst du von mir?

Bettinas schmeichelnder Ehrgeiz hinterlässt Spuren des Wohlwollens. Wie sie sich verändert hat. Am Ende tausche ich mit meiner Exfreundin Telefonnummern aus. In welchem scheiß Film bin ich hier eigentlich?

– Sex mit dem Ex.

Kolumne Nr. 19: Ich bin bei Gott kein Einzelfall.

Paul ist amüsiert.

– Die Chefredakteurin, mit der du geschlafen hast, – das muss an dieser Stelle einfach betont werden – verdammt dich dazu, dass du mit deiner Ex, die mit deinem Exfreund Thomas ins Bett ging, eine Sexkolumne zu schreiben.
– Sie weiß nichts von unserer Beziehung.
– Dabei würde ich es auch belassen.
– Warum?
– Weil sie dann noch mehr auf das Zweiergespann abfahren könnte.
– Vielleicht sollte ich einfach kündigen.
– Bist du wahnsinnig? Du vergibst eine Chance. Bist du denn kein bisschen neugierig?
– Neugierig auf was?
– Neugierig auf Bettina.
– Nein.

Lüge. Natürlich bin ich neugierig. Wer will nicht wissen, was mit seiner Exfreundin die letzten 8 Jahre passierte? Wer allerdings würde deshalb seine Exfreundin anrufen. Wer würde überhaupt seine Exfreundin anrufen? Die Sexkolumne wäre also eine Art Vorwand, um Bettina auszuspionieren.

– Wie war sie?
– Anders als früher.
– Inwiefern?
– Das weiß ich noch nicht.

Und wenn ich ehrlich bin, ist es eigentlich nicht Bettina, die mich interessiert, sondern ICH. ICH will wissen, warum sie mich damals mit Thomas betrogen hat. War ICH ihr nicht gut genug? War Thomas besser im Bett? War irgendjemand besser im Bett – als ICH?

Wir haben damals jeden Kontakt abgebrochen. Und Thomas hat keinen einzigen Versuch unternommen, mit mir über die ganze Sache zu reden. Vielleicht wusste er, dass ich sofort aufgelegt hätte. Wahrscheinlich hat ihn meine Meinung einfach nicht interessiert. Auf jeden Fall habe ich die beiden seit damals nicht mehr gesehen. Vielleicht sind sie noch immer zusammen. Haben 17 Kinder und leben auf einem Bauernhof. Wusste Bettina eigentlich, dass sie auf mich treffen wird? Und wenn ja, was war ihre Motivation, diesen Job anzunehmen. Überrascht wirkte sie nicht unbedingt, als sie mich dort sitzen sah.

Bettina ist die einzige Frau, die mich je verlassen hat. Außer Nina. Eigentlich hatte ich Schluss gemacht. Aber Bettina bumste mit Thomas. Also war sie es, die ging. Erst jetzt, nach 8 Jahren, begann ich mich darüber maßlos zu ärgern. Ich hätte nicht wenig Lust, sie anzubrüllen, was ihr eigentlich einfiel, sich den Schwanz meines besten Freundes in die Vagina zu stecken. Lächerlich. Ich hätte es damals tun sollen. Aber damals trauerte ich noch um Nina. Deshalb war ich einfach gegangen. Ohne ein Wort zu sagen, ohne jede Reaktion. Viel zu stolz war ich, um meinem Ärger freien Lauf zu lassen. Thomas und Bettina starrten mich an.

– Stör ich?

Stör ich? Natürlich störte ich. Vielleicht aber auch nicht. Vielleicht wollte es Bettina nicht anders. Wollte mir einfach nur sagen: Hey, mit uns funktioniert es nicht. Das wollte ich dir nur beiläufig mitteilen, indem ich mit deinem Freund Thomas bumse. Sie wusste, dass ich zu dieser Zeit nachhause komme. Sie konnte kein großes Interesse daran gehabt haben, die Fickerei mit Thomas geheim zu halten. Vielleicht war ich ihr einfach nur scheißegal.

Doch das interessierte mich damals nicht. Bettina hatte von Anfang keine Chance. Nach Nina ging es nur noch um mich. Jede Frau nichts anderes als Fast Food für die Seele. Am besten zum hier Essen und ja nicht zum Mitnehmen. Als Nina ging, ging ich mit.

– Definiere Liebe.

Paul ist inzwischen stoned und wie immer empfindet er Erleuchtung dabei. In Wahrheit handelt es sich nur um eine Reduktion auf das Unwesentliche.

– Liebe heißt, sich selbst zu vergessen.
– Interessant.
– Die Definition?
– Nein. Die könnte abgeschmackter nicht sein. Ich meine dein Verhältnis zu Lisa. Ich glaube nicht, dass du dich bei Lisa schon einmal selbst vergessen hast.
– In diesem Fall heißt Liebe, alles zu wollen.
– Und wenn man dann alles hat?
– Dann wird Liebe zu Hass.

Als ich nachhause komme, finde ich auf meinem Schreibtisch ein Fax von Lisa.

Liebe dich über alles. Umarme und küsse dich. Lisa.
PS: Bin seit 6 Tagen überfällig. Wünschte, du wärst bei mir.

– Shit.

New York

Ich lernte Lisa vor 4 Jahren kennen. Auf einem Flug von Wien nach New York. Die roten Uniformen. Die glatten Strümpfe. Die Flughafenhotels. Unverbindliche Bekanntschaften und der Duft von steuerfreiem Parfum. Die perfekt gesetzte Schminke. Die Unnahbarkeit der Vorschrift. Die Verführung der persönlichen Betreuung.

Vom ersten Moment an war ich in Lisa verliebt.

– Sind Sie öfters hier?
– Alle 2 Wochen.
– Und wann haben Sie Dienstschluss?
– Wenn es keine Zwischenfälle gibt – 7.30 Uhr Ortszeit.

Ortszeit. Ein Wort, das klingt, als könnte man sich geborgte Zeit zurückkaufen. Nina wurde zu gar keiner Ortszeit geboren. Nina kam auf die Erde wie ein Komet. Am 3. August 1972 fand man im Protokoll des Fluges BA 172 einen kleinen charmanten Eintrag, der es in die Kleinspalten diverser Medien schaffte. An diesem Tag wurde auf der Höhe von New York ein kleines Mädchen geboren. Benannt nach der heldenhaften Flugbegleiterin, die kurzerhand Hebamme spielte. Ihr Name: Nina. Da man sich in solchen Fällen die Staatszugehörigkeit aussuchen kann, entschieden sich die französischen Eltern für Amerika. Nina hat Amerika noch nie betreten.

– 7.30 Uhr Ortszeit? Noch Lust auf einen Drink?
– Wir wohnen leider im Flughafenhotel.

Als ich Lisa erzählte, dass ich nach New York fliege, um meinen Freund Jeff zu besuchen, der im legendenumwobenen Chelsea

Hotel residierte, konnte ich die offenherzige Flugbegleiterin relativ schnell dazu überreden, den einzigen freien Abend mit uns zu verbringen. Wir gingen zu dritt ins Indochine. Eine Yuppiebude mit Modelkellnerinnen und leeren Tellern. Ich wollte Lisa imponieren. Doch sie schien von Anfang an mehr Interesse an dem Möchtegernkünstler Jeff zu haben, als an mir – ihrem Entdecker, verdammt noch mal. Auch Jeff, dieser Verräter, zeigte sich keineswegs abgeneigt vom Abenteuer Lisa. Als sie ihm mitteilte, dass sie ungefähr alle 4 Wochen nach New York käme, lagen die beiden schon so gut wie im Bett und ich auf der Couch.

Lisas Offenherzigkeit führte zu vielen Missverständnissen (ihr Beruf sowieso).

– Wenn eine Frau einem Mann ein Lächeln schenkt, ist das noch lange keine Aufforderung gefickt zu werden.

Das begriffen weder die Männer noch Lisa. Obwohl sie sich von den Schwärmereien durchaus geschmeichelt fühlte, hielt sie immer einen gewissen Sicherheitsabstand, der die Männer noch mehr anheizte. Lisa – die unbewußte Femme fatale.

Ich begann, mein ganzes Leben nach Lisa auszurichten. Ich passte meine Gewohnheiten ihren Wünschen an, bis sie sich einfach in mich verlieben musste. Lisa merkte nichts. Ich tarnte mich als bester Freund, um alles über sie zu erfahren. Lisa erfuhr so gut wie nichts über mich. Zumindest nichts, was der Wahrheit entsprach. Ich hatte denselben Musikgeschmack wie sie, trug ihr Lieblingsparfum, ja sogar beschissene Hollywood-Blockbuster sah ich mir an. Als nach 5 Monaten die Beziehung mit Jeff endlich den großen Bach hinunterging, spürte ich meine Chance.

– Ich habe mit Jeff Schluss gemacht.
– Hör zu. Jeff ist ein guter Freund. Aber Liebe braucht einfach Nähe. Mach dir nichts draus.
– Um ehrlich zu sein, hat es einen anderen Grund.
– Und zwar?
– Horst.
– Horst?
– Horst aus der Bar.
– Hoooorst?
– Ich bin so froh, dass ich mit dir über alles reden kann.
– Aber ausgerechnet Horst?
– Warum können Freunde nie auch Freunde sein?
– Wie bitte?
– Du hast mich schon verstanden.
– Ja, aber Hoooorst.

Präpotent.
Arrogant.
Humorlos.
Schlicht.
Protzig.
Eingebildet.
Besserwisserisch.
Geschmacklos.
Gewaltbereit.
Horst, der Barkeeper.
Er vereinte alles, was mir zuwider war. Schnelle Autos, schnelles Geld, schnelle Drogen, schnellen Sex.

Jeden Abend stand ich mit Lisa an dieser verschissenen Bar, die hauptsächlich von Autoverkäufern, Friseusen und anderen Barkeepern besucht wurde. Wir standen dort bis der letzte

Gast ging. Denn Lisa musste auf Horst aufpassen und ich wiederum auf Lisa. Wir amüsierten uns prächtig. Natürlich arbeitete ich mit jedem Gespräch daran, diesen Horst aus Lisas Leben zu verbannen. Wie ein Napoleon kam dieser Horst allerdings aus jedem St. Helena zurück.

Eines Abends bot mir Horst Koks an.
– Danke.
– Na, da haben wir einen kleinen Nilfisk! Noch was?
– Danke.
– Lisa, du musst auf Horst aufpassen. Ich mache mir Sorgen.
Als sie ihn damit konfrontierte, versprach er ihr, ungehend damit aufzuhören. Für Lisa ein endgültiger Liebesbeweis, der ihre Beziehung nur stärken konnte.
– Danke.
Dass Horst trotzdem weiterkokste, brachte mir wenig. Jeder weitere Denunziationsversuch hätte mir seine Missgunst eingebracht. Und ich durfte diese *echte* Männerfreundschaft auf keinen Fall gefährden. Lisa brauchte mich ganz einfach.

Auch Horst als sprunghaft in Sachen Liebe vorzuführen, scheiterte erbärmlich. Als ich eines Abends mit einer seiner ehemaligen Bettgenossinnen antanzte, freundete sich Lisa gleich mit ihr an. Name: Angelika. Von Beruf: Kosmetikerin. Sie gratulierte Horst zu seiner neuen Freundin, die es offensichtlich als erste geschafft hatte, diesen renitenten Kerl zu zähmen. Frauen. Sie führen keine Kriege, sondern umarmen die Welt solange, bis sie daran erstickt.

Ich gab auf und beschloss Lisas Beziehung mit Horst einfach auszusitzen. Konkret: An der Bar. Für mich war es offensichtlich, dass über dieser Beziehung ein großes fettes Ablaufdatum schwebte. Deshalb begnügte ich mich damit, noch eine Zeit lang den besten Freund zu spielen. Ich begann eine Affäre mit

Horsts Schwester Britta. Erstens, weil sie unheimlich sexy war. Sie liebte schnelle Autos, schnelles Geld, schnelle Drogen und schnellen Sex. Zweitens verbrachten wir jetzt jeden Abend zu viert und ich fühlte mich weniger als fünftes Rad am Wagen. Und drittens hoffte ich natürlich insgeheim, dass Lisa vor Eifersucht platzen würde. Aus drittens wurde leider nichts.

Britta und die täglichen Sessions an der Bar entwickelten sich zu meinem finanziellen Ruin. Denn es gab nur einen Weg, Britta bei Laune zu halten. Irgendjemand musste ihre Verschwendungssucht finanzieren. Die Bank hingegen *schenkte* mir einen Porsche Boxter, damit sich Britta nicht schämen musste. Dann verpasste sie mir einen neuen Lebenslauf (Börsenbroker mit Hang zum sexuellen Experiment). Außerdem nannte ich ein 19 cm langes Gemächt mein eigen und pflegte selbstverständlich familiäre Kontakte zur russischen Mafia. Letzteres führte zu einigen Missverständnissen. Als eines Abends 2 Russen in der Bar auftauchten, um herauszufinden, was ich denn genau wüßte, beschloss ich einen Schlussstrich zu ziehen. Ich verkaufte den Porsche, dessen rapider Wertverfall für engen Kontakt zu meiner Bankberaterin sorgte. Ich klärte die Lügen in Sachen Lebenslauf auf. Was natürlich zum Ende unserer Affäre führte, aber die Russen von mir fernhielt. Für 6 Monate verschwand ich aus Lisas Leben. Bis eines Tages das Telefon läutete.

– Es ist aus.

Lisa saß bizarrerweise wieder mal in New York und heulte sich die Seele aus dem Leib.

– Mit Horst?
– Er hat nie aufgehört zu koksen. Und außerdem hat er die ganze Zeit über mit Angelika gebumst.
– Ich habe es dir ja gleich gesagt.

– Ach ja. Dr. Klugscheißer.
– Ich muss dir was gestehen.
– Daniel?
– Ich bin in dich verliebt. Ich war von Anfang an in dich verliebt. Und ich wollte nie mit dir befreundet sein. Ich will mehr, verstehst du, ich will alles …
– Ich verstehe. Dr. Arschloch.

Noch ein kurzes Schluchzen. Besetztzeichen. Schluss.

Zugegeben. Die Passage „Ich wollte nie mit dir befreundet sein" stellte sich als unglücklich formuliert heraus. Sie war leider auch unglücklich gemeint. Aber so fühlte ich nun mal.

5 Wochen lang hörte ich nichts von ihr. Die Bars, in denen ich sie zu finden glaubte, mied sie. Das Telefon hob sie nicht ab und ihre besten Freundinnen verweigerten mir jede Auskunft. Als ich bei der Fluggesellschaft anrief, um ihren Dienstplan herauszufinden, ließ man mich wissen, dass Lisa vor kurzem Urlaub genommen hatte. Lisa saß die ganze Zeit über zuhause, zog sich eine Soap nach der anderen rein. Nur, um nicht über alles nachdenken zu müssen.

Kolumne Nr. 5: Ist man unwiderstehlich, wenn man jemanden unwiderstehlich findet?
Antwort. Ja.

5 Wochen später. Ich saß mit Paul im Leavingroom. Wir glotzten auf Zanzibar und DJ Jacques seifte uns mit italienischen Klassikern ein.

– Kann ich dich sprechen?
  Lisa stand vor mir. Ungeschminkt. Das erste Mal.
– Es geht nicht.
– Warum?

– Weil es sich anfühlen würde, als küsste ich meinen Bruder.
– Du hast keinen Bruder.
– Ich habe dich.
– Warum versuchst du es nicht einfach?
– Ich will unsere Freundschaft nicht riskieren.
– Eine Freundschaft braucht immer 2.
– Du wolltest meine Freundschaft nicht.
– Doch. Die und noch ein bisschen mehr. Empfindest du nichts für mich?
– Das weiß ich erst, wenn ich mit dir geschlafen habe.

Dann küssten wir uns und Paul verzog sich zu Veronika, die damals gerade wieder Exex war. Wir hörten nicht mehr auf damit. Wir küssten uns die ganze Nummer, den ganzen Abend und die ganze Nacht. Wir holten keine Luft. Sahen nichts. Hörten nichts. Sprachen nie wieder ein Wort darüber. Seit diesem Abend sind wir ineinander verloren. Bringen uns mit jedem Kuss zum Schweigen, weil es nichts zu sagen gibt. Immer enger. Immer tiefer. Bis vom anderen nichts mehr übrig bleibt. So wünscht es sich Lisa. Lisa, die immer alles gibt. Und immer alles haben will.

Schon seit geraumer Zeit wünscht sich Lisa ein Kind. Schon seit geraumer Zeit will Lisa zum Bodenpersonal wechseln. Seit dieser Zeit küssen wir uns weniger. Ich habe aufgehört, mich selbst zu vergessen und damit begonnen, die Dinge, die ich einst an ihr liebte, zu hassen. Es ekelt mich vor ihrem Lächeln. Ihre Worte sind wie stumpfe Rasiermesser. Ihr Körper ein teigiger Klumpen Fleisch. Ich habe begonnen, die Details zu sehen. Ich habe aufgehört, Lisa aus einer sicheren Entfernung zu lieben.

Kolumne Nr. 43: Der Zusammenhang von Verdauung und Beziehung.

Seit 2 Jahren bin ich mit Lisa zusammen. Und wir befinden uns in Level 3.

– In der Phase des Furzes.

Phase 1: Man versucht seine Verdauung voreinander zu verbergen. Man ist noch ineinander verliebt.

Phase 2: Der erste gemeinsam ausgestoßene Rülpser. Experten behaupten, dass es sich hierbei um das emotionale Du-Wort handelt.

Phase 3: Irgendwann beginnt man heimlich unter der Bettdecke zu furzen. Ein gefährliches Level, das Phase 4 schon bedrohlich nahe kommt.

Phase 4: Man verzichtet darauf, die Klotür hinter sich zu schließen. Es ist egal geworden, ob man sich beim Scheißen, Pinkeln oder Kotzen zusieht. Nach Phase 4 ist es entweder aus oder man heiratet.

Es gab eine Zeit, da war Lisa so magisch wie die Fototapeten im Leavingroom. Doch wenn man lange und nahe genug davor sitzt, beginnt man, nur noch die kleinen Punkte zu sehen, aus denen sich die Plakate zusammensetzen. Aus einem Vexierbild formt sich allmählich eine pointillistische Wahrheit. So war es bei allen. Von Claudia bis Lisa. In Nina sah ich diese Punkte nie. Wahrscheinlich weil wir nicht genug Zeit hatten. Deshalb wird Nina für immer eine Fototapete bleiben.

– Seit 6 Tagen? Mach dir Sorgen bei 20.

Paul hat nicht mal den Blick von Zanzibar genommen. Stattdessen philosophiert er vor sich hin.

– Immer wenn ich stoned bin, starre ich solange auf diese scheiß Tapete, bis ich nur noch Punkte sehe.

Ich muss lachen. Paul empfindet diese Punkte nicht als hässlich.

– Aber es ist egal. Weißt du. Weil ich das Gesamtbild im Kopf habe.

Manchmal habe ich das Gefühl, dass Paul auch an mir nur noch diese Punkte erkennt. Manchmal, wenn er mich so ansieht wie jetzt und darauf wartet, dass ich etwas sage.

– Wenn die Punkte sich verändern, dann verändert sich auch das Gesamtbild.
– Was meinst du?

Paul ist verwirrt.

– Lisas Mundgeruch am Morgen hat mich nie gestört.
– Aber jetzt ist er der Grund, dass du sie in der Früh nicht mehr küsst.
– Früher mochte ich das kleine Haar auf ihrer linken Brustwarze.
– Heute macht es den Sex unmöglich.
– Du verstehst mich, Paul.
– Warum bittest du sie nicht, das verdammte Haar abzuschneiden.
– Wenn man jemanden versucht zu ändern, dann gesteht man sich doch ein, dass man nicht in die Person, sondern nur in eine Vorstellung verliebt ist.
– Dann ist Liebe unmöglich.
– Vielleicht. Vielleicht hat Liebe aber einfach nur ein Ablaufdatum.

Es hat mit ein paar einzelnen Punkten begonnen. Der Mundgeruch, das Haar, die Art und Weise wie sie sich kleidet, wie sie isst, was sie isst, dass sie immer von meinem Teller nascht, was sie kocht, was sie einkauft, wie sie immer vor anderen Leuten unser Glück betont, dass sie mir immer in den ungelegensten

Momenten einen Pickel ausdrücken will, ihr öliger Lippenstift und die Tatsache, dass sie jeden Morgen geschminkt aufwacht, ihre beschissene Kommerzmusik, die Blockbusterfilme aus der Videothek, und wie mich diese Offensichtlichkeit anekelt.
– Vielleicht liebst du einfach nicht das, was du siehst.
– Vielleicht hasst man alles, was man kennt.
– Vielleicht hasst du dich ganz einfach nur selbst.
– Vielleicht muss man einfach diese verdammt Stadt verlassen, bevor man nur noch Punkte sieht.
Paul lehnt sich zurück und schüttelt epileptisch den Kopf.

Vielleicht hasse ich mich dafür, dass ich Nina liebte. Vielleicht sehe ich an mir nur noch Punkte und nie die ganze Tapete. Vielleicht ist das, was meine Tapete sein sollte, eigentlich Nina. Ich habe den Blick auf mich selbst verloren. Alles nur Punkte. In 10 Jahren 8 Beziehungen, 36 Seitensprünge und 14 amtliche Berufsbezeichnungen.

Jetzt will Lisa ein Kind. Jetzt, da ich weiß, dass ich alles habe, wünsche ich mir wieder das Nichts. Immer nur auf die verschissenen Punkte fixiert.

Eastbourne

Nach 3 Jahren mit Lisa gibt es nicht mal mehr einen Grund, Schluss zu machen. Das erinnert mich an etwas, das mein Vater einmal sagte. Wir wuchsen in einer dieser Satellitenstädte auf. Ich glaube, man nennt sie so, weil sie wie einsame Sterne am Stadtrand kleben. Nur leuchten sie nicht.

Mein Vater sagte:

– Es gibt einen Supermarkt, ein Schwimmbad, Schulen, ein Kino, ja sogar eine Bücherei. Das einzige, das fehlt, ist ein Grund wegzugehen.

Ich habe nie wieder einen so traurigen Blick im Gesicht meines Vaters gesehen. Auch nicht als Mutter starb. Diese Satellitenstadt hat ihn erdrückt. Um mich davor zu bewahren, hat er aus ihr eine Märchenwelt gezaubert, die den Namen Andromeda trug.

Andromeda war ein einsamer Stern, der am Rande der Stadt existierte. Eigenartige Zauberwesen lebten dort. Und so wurde aus der Supermarktkassiererin eine wunderschöne Fee, die sich zum Rollband setzte, um auf den Prinzen zu warten.

– So kann sie ihn nicht übersehen

hat mein Vater gesagt. Aus dem betrunkenen Nachbarn, der seine Frau schlug, wurde Kralik, das grölende Monster, das gegen unsichtbare Windmühlen kämpfte. Und der Hausmeister Ivanisovic, der leider nicht Tennis spielte, war ein seltsamer Zaubermeister, der dafür sorgte, dass das Böse nicht überhand nahm. Mein Vater lehrte mich das Leben, indem er mich davon wegführte. Er erzählte von Entenhausen, obwohl wir mitten in Gotham City saßen.

Irgendwie hatte der Zufall Nina in diese Welt gespuckt. Am 23. März, als sie auf der Suche nach einem Ort war, der aussah wie die Kalkfelsen von Eastbourne. Sie fand, die weißen Betonklötze von Andromeda kamen diesen Felsen am nächsten.

Nina war mir gleich aufgefallen. Sie sah ein wenig aus wie – nein, Nina sah ganz wie Nina aus. Mit geschlossenen Augen saß sie auf einer kleinen Anhöhe und starrte auf die weiße Felsbrandung von Eastbourne.

– Was machst du hier?
– Ich genieße die Luft des Meeres.
– Aber hier ist doch kein Meer.
– Wenn du mit offenen Augen nichts sehen kannst, dann solltest du sie schließen, Idiot.

Niemand hatte mich bisher auf diese Art Idiot genannt. Wortlos setzte ich mich neben sie und schloss die Augen. Ich konnte es hören – das Rauschen des Meeres. Ich sah die Wellen, wie sie gegen die gewaltigen Felsen schlugen. Ich roch die salzige Meeresluft. All das war hier, weil Nina neben mir saß. Als ich die Augen öffnete, war sie weg.

Fuck! Ich lief durch halb Andromeda, rempelte mindestens 3 alte Hexen um, kämpfte eine Runde gegen das Monster Kralik, verjagte den Prinzen der Kassiererin, bis ich Nina endlich vor dem Supermarkt sitzen sah. Mit meinem Freund Paul, der sich prächtig mit ihr zu unterhalten schien. 5 Minuten nachdem ich Nina kennen gelernt hatte, war ich das erste Mal eifersüchtig.

– Paul?
– Das ist Nina. Sie hat alle Platten von den Doors.

Natürlich hatte sie das. Nina musste alles haben. Weil sie auch alles bekam.

– Außerdem hat Nina eine eigene Wohnung.
– Wo? In Eastbourne?

– Nein, am anderen Ende der Stadt.
Am anderen Ende wohnten die Reichen und am Ende – da wohnten wir.
– Ich gebe eine Party nächstes Wochenende. Ihr seid eingeladen.
Sie hatte uns nicht einmal nach unseren Namen gefragt. Nina hat nie irgendetwas gefragt.
– Die Adresse. Nina. Die Adresse!
Nina verließ sich immer darauf, gefunden zu werden. So wie Lisa immer nur auf den Richtigen gewartet hatte. Auf eine gewisse Art und Weise waren sich die beiden ähnlich. Aber eben nur ähnlich.

Als Nina für immer die Tür hinter sich geschlossen hatte, wusste ich nur, dass sie nach London ging. Sie war es von frühester Kindheit an gewöhnt, ständig an anderen Orten zu leben. Als Tochter eines Diplomaten hatte sie zu viel von dieser Welt gesehen, als dass sie es auf meinem winzigen Planeten lange ausgehalten hätte. Nina hinterließ keine Adresse. Nur einen Kondensstreifen der Sehnsucht, der mich ständig in die Ferne zog.

Stattdessen denke ich seit 10 Jahren daran wegzugehen. Die Koffer wären in 30 Minuten gepackt. In weniger als 5 Minuten stünde ein Taxi vor der Tür. Ich habe so viel Geld auf der Kante, dass ich ein Jahr davon leben könnte. Nicht allzu großzügig, aber genug, um in billigen Hotels zu übernachten. Ich könnte zum Flughafen fahren und dort mit dem Finger auf irgendeine Destination zeigen. Der Abschiedsbrief wäre in 10 Minuten formuliert.

Jetzt, wo ich beinahe 30 bin, tendiert mein Leben zur Unsichtbarkeit. Spätestens mit 35 wird nichts mehr davon übrig sein. Dann werde ich mich nur noch in der Vergangenheit suhlen. Werde einer dieser Typen, die ständig dieselben Geschichten erzählen. Geschichten, die keiner mehr hören will. So habe ich mir immer das Jenseits vorgestellt. Ein Haufen Zigarren rauchender Fettbauchseelen, die den ganzen Tag im Whirlpool sitzen und sich gegenseitig Geschichten über ihr ach so geglücktes Leben erzählen. Die, die nichts zu erzählen haben, kommen in die Hölle und müssen sich für immer die Geschichten von ein paar Betrunkenen anhören. Wenn Gott ein Reality-T.V.-Junkie ist, dann bin ich eine Sendung ohne Quote.

Gegen 16 Uhr ruft Bettina an. Ich gehe zum Plattenspieler und schalte die Musik ein. Eine schlechte Angewohnheit. Andere fabrizieren Zeichnungen, die sie vor ihren Therapeuten verstecken. Ich kann ohne Musik nicht telefonieren. Bettina will sich treffen. In ihrer Wohnung. Da ist es ruhig. Da kann man arbeiten. Klingt gefährlich. Klingt intim. Ich sage zu.
– Um 20 Uhr bin ich da.

Auf dem Plattenspieler kreist Cornershops: *On the road back home again.* In meiner Hand eine Gauloises. In meinen Ohren das Brian Eno Audio Logo meines Apple Laptops.

1 Stunde später. Von Nina Beauclair keine Spur. Vielleicht hat sie ja auch schon geheiratet. Immerhin sind über 10 Jahre vergangen. Vielleicht ist sie tot. Sie schwärmte doch immer davon, mit 27 zu sterben. Wie Morrison. Oder Rimbaud. Oder Büchner. Oder Joplin. Oder Cobain. Mit 17 klingt das fein. Da besteht zwischen 27 und 80 kein großer Unterschied. Überhaupt findet mit 17 das größte Leid hier und jetzt statt. Irgendwie ist das mit dem Alter nicht besser geworden.

Es formuliert sich nur geschickter. Aber im Prinzip hat sich nichts geändert. Man ist genauso kindisch wie früher. Vor allem in Sachen Liebe und Selbstdarstellung. Ob man versucht, jemanden mit seiner Plattensammlung oder mit einem silbernen Porsche zu imponieren, macht nicht wirklich einen großen Unterschied.

Nein. Nina ist nicht tot. Sie will nur nicht gefunden werden. Sie lebt in irgendeinem exotischen Land, wo es einfach kein Internet gibt. Kein Wunder, dass ich sie nicht finde. Klar. Ich durchforste einfach jedes scheiß Land auf der Welt nach ihrem Namen.

30 Länder später.

Für 29.90 Dollar heuere ich einen Netdetective an, den ich mit allen wichtigen Daten versorge.

Name: Nina Beauclair.

Geburtsdatum: 3. August 1972.

Letzter bekannter Wohnort: London.

Staatsbürgerschaft: USA.

Eltern: Diplomaten.

Schulbildung: diverse International Schools.

Der Netdetective liefert Ergebnisse innerhalb von 48 Stunden oder man bekommt sein Geld zurück. Ich gebe E-Mail und Telefonnummer bekannt. Dann sehe ich auf die Uhr. Es ist 19.45 Uhr.

Madrid

Als ich bei Bettina aufkreuze, steht die Wohnungstür offen. Vorsichtig trete ich ein – so als wolle ich nichts beschädigen. Aus der Küche dringt ihre Stimme.

– Ich bin gleich da!

– Nur keine Eile!

Das Wohnzimmer. Hier hat offensichtlich jemand versucht, einen Raum bewohnt aussehen zu lassen. Viel zu offensichtlich sind die Bücher dort hingelegt, wo man sie nie hinlegen würde. Beinahe lächerlich liegen Lifestylezeitschriften herum, um dem Besucher schick zu imponieren. Bettina war nachhause gekommen und hatte schnell ihre Wohnung aufgeräumt. Sie weiß, dass ich ihren Ordnungsfimmel nicht ausstehen kann.

– Wie bist du eigentlich zu dieser Kolumne gekommen?

– Ich habe mich beworben.

– Ich wusste gar nicht, dass man sich für Sexkolumnen bewerben kann.

Vergeblich wartet sie darauf, dass ich beim Öffnen der Weinflasche behilflich bin.

– Nun, ich habe mich auch nicht direkt beworben. Ich wollte es mal als Journalistin probieren.

Gerne würde ich ihr diese Impertinente Oberflächlichkeit ins Gesicht schleudern. Journalistin – kurz mal probieren. Wenn ich selbst nicht denselben Satz vor einem Jahr zu Paul gesagt hätte, dann …

– Und du?

Jetzt sieht sie mich das erste Mal an.

– Und ich? Mmmh. Es hat mich schon immer interessiert, antworte ich.

– Was? Sex oder Journalismus?

Wir stoßen an.
– Ähhh. Beides. Glaube ich.
– Cheers.
Ablenkungsmanöver! Ich stehe auf und deute auf die Fotos.
– Wer sind all die Leute?
– Arbeitskollegen.
– Arbeitskollegen?
– Ja, ich war die letzten 4 Jahre im Ausland.
– Im Ausland?
– In Wien ist mir die Decke auf den Kopf gefallen.
Die alte Geschichte: Die Decken hängen verdammt niedrig in dieser Stadt. Und das noch ältere Ende der Geschichte: Sie kommen alle wieder zurück.
– Und was hast du dort gemacht?
Ich frage nicht mal, wo sie war. Ausland ist Ausland. Ausland heißt einfach nur: nicht Wien.
– Dort, also in Madrid, studierte ich Ernährungswissenschaften. Ich nahm an einem wissenschaftlichen Programm teil, das sich mit dem Zusammenhang von Ernährung und kriminellen Handlungen beschäftigt.
– Klingt ein wenig absurd. Gib den Häftlingen Schokolade und sie knacken keine Autos mehr.
– So ähnlich.
– So ähnlich?
– Wir stellten fest, dass besonders hyperaktive Jugendliche zu kriminellen Handlungen neigen. Als wir deren Ernährung umstellten, sank die Rückfallsquote auf weniger als 30 %. Schokolade war unter den Top Ten. Wie Chips, Milch und Reis.
Ich nehme einen großen Schluck von meinem Wein und hoffe, dadurch nicht zum Mörder zu werden.

– Ernährung und Exknackis waren dir dann nicht spannend genug?
– Ich habe das nur aus einem Grund studiert.
Wieder einer dieser lang anhaltenden Blicke. Bettina nimmt einen kräftigen Schluck Wein und ordnet die geordneten Zeitschriften.
– Ich hatte Bulimie. Kotzerei, du verstehst?
– Ich weiß, was Bulimie ist. Seit wann?
– Seit ich 14 war.
– Auch als wir zusammen waren?
– Ja. Ich ging damals oft aufs Klo, du erinnerst dich?
Natürlich. Und ich Idiot machte noch Witze darüber.
– Aber du warst doch so ein Sonnenschein?
– Shiny happy people. Musik?
– Nein. Und jetzt?
– Nachdem ich vor 5 Jahren fast krepiert wäre, bin ich in Therapie gegangen. Und wenn du wissen willst, ob ich noch immer kotze? Gelegentlich.
– Warum?
– Kindheit. So eine Vater-Tochter-Geschichte.
– Und wissen es deine Eltern?
– Ja. Doch Musik?
– Bitte. Aber nicht R.E.M.

Kolumne Nr. 13:
– Du isst wie du fickst.
– Wie bitte?
– Du isst wie du fickst.
Paul lächelt ein Eureka. Und ich schüttle nur verstört den Kopf.
– Ich glaub, es ist besser, ich gehe.
Paul hält mich am Ärmel.

– Anhand des Essens ist vollkommen klar, was auf dich zukommt. Deshalb gehe ich mit jeder Frau vorher Essen.
– Das letzte Mal habe ich dich am Klo in Flagranti erwischt. Habt ihr euch vorher etwas von McDonalds geholt?
Paul lächelt.
– Nun, offensichtlich bist du in puncto Sex wahllos, gefräßig und schnell. Du bist der Albtraum der so genannten Frauenwelt.
– Verstehe. Und wie soll ich es dann bitteschön deuten, dass du so gut wie niemals isst, sondern meistens nur 2 Bier im Eiltempo hinunterkippst?“
Paul lächelt.
– Ich gebe mich gerne geheimnisvoll.

Bettina hat die Männer in sich hineingestopft, um sie gleich wieder auszukotzen. Bettina aß nicht. Sie schlang. Mit den Jahren hat sie nicht nur ihren Sonnenschein verloren, sondern auch jeden Grund zur Unehrlichkeit. Offenbar hat ihr der Therapeut empfohlen, nichts mehr zu schlucken, was sie später wieder rauskotzen muss. Während früher ihr Lächeln etwas Entwaffnendes besaß, wirkt ihre neue Ehrlichkeit provozierend. Natürlich nur für jene, die sich selbst etwas vormachen. Für Leute wie mich.

Bettinas Spezialität ist, ihre Mitmenschen in peinliche Situationen zu bringen. Ich erinnere mich an ein Familienfest kurz nach dem Tod meiner Mutter. Das Fest stellte einen verzweifelten Versuch meines Vaters dar, beide Familienflügel zusammenzuhalten. Als mein etwas angeheiterter Onkel Bettina einmal zu oft umarmte, verlautbarte sie vor versammelter Mannschaft:
– Man kann Ihren kleinen Penis durch die Hose sehen.

Niemand lachte. Es war das letzte Fest dieser Art. Und Onkel Hans hat damals runter gesehen.

– Was hast du die letzten Jahre getrieben?

Gute Frage. Auch ich nehme einen kräftigen Schluck Wein.

– Nicht viel.

– Na ja, ich meine, du bist nicht unbedingt zum Sexkolumnisten geboren.

Will sie damit sagen, dass ich nicht gut genug im Bett war? Nicht so gut wie er.

– Wie geht's Thomas? Habt ihr noch Kontakt?

– Willst du wissen, ob wir noch miteinander schlafen?

Ja. Eigentlich trifft es das genau den Punkt.

– Nein, natürlich nicht. Ich meine Kontakt. Du verstehst schon.

– Ich verstehe genau. Nein, wir waren danach nicht zusammen. Und dass das damals passiert ist, hatte nichts mit dir zu tun, sondern ausschließlich mit mir.

– Na, da bin ich ja beruhigt. Ich habe schon gedacht, es ginge mich etwas an.

  Unpassende Ironie, die erste.

– Schuld war die Kotzerei. Ich wollte den Männern einfach nur gefallen. Weil ich mich selbst als hässlich empfand.

  Eine unpassende Intimbeichte als Gegenschlag.

– Warum hast du mir nichts davon erzählt?

– Was hätte das geändert?

Einiges. Ich hätte sie mit Mitleid zuscheißen können. Was mir sicher geholfen hätte, mit der ganzen Situation umzugehen. Mir geholfen. Nicht Bettina. Aber darum geht es nicht. Oder?

– Weiß nicht. Wahrscheinlich nichts.

– Siehst du.

Bettina steht auf und wechselt die Musik. Depeche Mode dröhnt durch Bettinas Wohnung *I'm taking a ride with my best friend …*

– Freundin?

– Nein, danke.

Unpassende Ironie die zweite.

– Ja, seit 2 Jahren.

– Ich frage dich nicht, wie viele nach mir kamen. Ich weiß nur von Yvonne.

– Ja, ein Jahr lang Yvonne. Habe nie wieder soviel gelesen wie damals.

Bettina lacht. Für eine Sekunde kehrt der Sonnenschein in ihr Gesicht zurück.

– Und jetzt?

– Lisa. Ihr Name ist Lisa. Sie ist Flugbegleiterin.

Warum ich wohl bei Lisa immer den Beruf dazusage? So als stelle dieser ihr wesentlichstes Merkmal dar.

– Ist das alles, was sie kann?

– Nein. Sie ist einer der reizendsten Menschen, die ich je getroffen habe. Könnte keiner Fliege etwas zu Leide tun. Sieht in allen Menschen immer nur das Gute …

– Du denkst daran, Schluss zu machen?

Warum fühlen sich Menschen, die Therapeuten aufsuchen, immer bemüßigt, andere zu analysieren. Warum können Sie nicht einfach ihren Mund halten. Aus purer Höflichkeit.

– Na ja, ich weiß nicht, ob sie die richtige ist.

– Wer wäre denn die richtige Frau für dich?

– Ich weiß nicht. Mutter?
Bettina verdreht genervt die Augen.

– Ich meine es ernst. Wie stellst du dir die Traumfrau vor?

– Ich habe es satt, mich in Vorstellungen zu verlieben.

– Sondern.

– In echte Menschen. Ohne mystifizierten Schnickschnack. In einen ganz langweiligen Menschen.
– Empfindest du dich selbst als so aufregend?
– Eben nicht.
– Dann brauchst du diesen Schnickschnack.
– Dieser Schnickschnack wird aber langweilig mit der Zeit.
– Man muss sich einen Menschen immer wieder neu erfinden. Immer etwas Neues an ihm entdecken.
– Wer kann das bieten?
– Wer kann das sehen? Du bist einfach nur oberflächlich.

Bettina verschwindet in die Küche, um eine neue Flasche Wein zu holen. In meinem Kopf beginnt der Palmenstrand von Zanzibar zu leben. Plötzlich erscheint ein kleiner Punkt am Horizont. Er kommt näher. Es ist eine Frau. Sie trägt nur ein Badetuch. Mit großen, lasziven Hüftschwüngen bewegt sie sich auf mich zu. Noch bevor ich sie erkennen kann, setzt sie sich hin und betrachtet das Meer. Ich rufe:
– Hey!
Doch sie kann mich nicht hören. Wenn ich nur in diese verdammte Fototapete hineinsteigen könnte, um zu ihr zu laufen. Wenn ich doch nur den Rest meines Lebens im Bild einer Fototapete verbringen könnte. Ein kleiner Punkt auf einem Strand, in den alle Betrachter ihre intimsten Gedanken projizieren.
– Hab leider nur noch Weißwein.
– Egal.
– Und. Hast du dir schon Gedanken gemacht?
Eine ganze Menge. Aber Bettina meint sicher die scheiß Kolumne.
– Nicht wirklich. Vielleicht sollten wir uns einfach ein Thema suchen. Und jeder schreibt aus seiner Perspektive.

Die Kolumne wird eine ziemlich intime Angelegenheit. Und obwohl Bettina meine Ex ist und mich noch dazu mit meinem besten Freund Thomas betrog, habe ich kein Problem damit. Auf eine seltsame Art fühle ich mich zu ihr hingezogen. Keineswegs sexuell. Es muss etwas mit ihrer entwaffnenden Ehrlichkeit zu tun haben. Und vielleicht liege ich mit meiner Theorie, dass Männer und Frauen erst dann Freunde werden können, wenn sie bereits miteinander geschlafen haben, gar nicht so falsch.

Taormina

Die meisten Frauen wollen nicht wissen, dass man an derselben Stelle, im selben Bett schon mal mit einer anderen gelegen hat. Die Vergangenheit soll eine spurenlose sein. Oder wie Bruno, der Kellner, einmal sagte:

– Erzähle einer Frau niemals eine alte Geschichte. Das merkt sie sofort.

Deshalb habe ich den meisten meiner Exfreundinnen verschwiegen, dass ich regelmäßig hierher komme. Gerade ein erster gemeinsamer Urlaub sollte doch so etwas wie eine Entjungferung sein. Ein Urlaub – das muss eine einmalige Erinnerung bleiben, der nicht von der Vergangenheit überschattet werden darf. Deshalb das geheime Taorminaalbum, das ich hin und wieder sentimental zur Hand nehme.

Die Fotos ähneln sich frappierend.

Da liegt Barbara am selben Strand wie Bettina und Claudia. Alle aus der gleichen Perspektive fotografiert. Katharina in der Pizzeria am Hauptplatz. Sie hat das gleiche gegessen wie Claudia 1 Jahr zuvor. Café mit Bettina, Café mit Yvonne, Café mit Marlene und Tee mit Barbara. Nur Lisa trank Wein. Und hier auf der Terrasse meines kleinen Bungalows: die schlafende Yvonne. Barbara liest, Bettina liegt nackt im Liegestuhl und Katharina trägt ein blumiges Sommerkleid. Lisa hat leider immer nur mich fotografiert. So verschieden alle meine Exfreundinnen sind. Eines haben sie gemeinsam: Taormina.

Flashback. Claudia, jene Claudia, die sich glänzend mit Mutter verstand und später auch ihr Parfum verwendete, was mich zum Wahnsinn trieb. Abfotografiert in der Pizzeria, wo sie immer etwas zu beanstanden wusste. Sie behandelte mich wie

ein Kind. Was bei einem 19-jährigen, der sich ohnehin nie so richtig vom Elternhaus emanzipiert hat, zu diversen Überreaktionen führt. Claudia bestand darauf, täglich ihr Badetuch zu wechseln. Sie litt unter einem Hygienewahn, der sich auch auf unser Sexualleben auswirkte.
– Wasch dir die Hände
lässt sich leider so schwierig ins Vorspiel integrieren. Als sie merkte, dass ich sie nicht auf meiner Kurzwahlliste gespeichert hatte, machte sie Schluss. Ich hingegen verschwieg ihr, dass ich überhaupt nicht wusste, wie man eine solche Kurzwahlliste bearbeitete und dass es sich wohl um die Kurzwahlliste des Vorbesitzers handelte. Keine Ahnung, ob ich es jemals in die Kurzwahlliste von Claudia geschafft habe. Oder ob ich überhaupt in irgendjemandes Kurzwahlliste gespeichert bin.

Ein Foto von Marlene. Bezeichnenderweise ist es ein Gruppenfoto. Ich besitze kein Einzelfoto von Marlene. Sie hielt es mit mir alleine nicht aus. Was dazu führte, dass mich noch heute das gesamte Dorf mit Namen kennt. Marlene stand um 7 Uhr auf und wünschte unterhalten zu werden. Ihr fehlte jeder Sinn für Langsamkeit. Sie erdrückte mich mit ihrer ziellosen Hyperaktivität. Nach diesem Urlaub war Schluss. Marlene: der Eilzug ohne Endstation.

Halt. Eine Anekdote gibt es zu erzählen. Nicht, dass sie dazu beiträgt, Marlene besser zu verstehen. Aber bitte. Wir borgten uns ein Motorrad aus, um eine hyperaktive Inselrundfahrt zu starten. Was seinen unbestreitbaren Höhepunkt erfuhr, als wir vor einem Springbrunnen saßen, um uns von den darin befindlichen Wasserschildkröten unterhalten zu lassen.
– Fahren wir?

forderte Marlene, die es an einem Ort nie länger als ein paar Atemzüge aushielt.
– O. k.
sagte ich und griff in die Tasche. Der Schlüssel war weg. Und ein beiläufiger Blick in das Schildkrötenbecken ließ auch eine dunkle Ahnung emporsteigen, was damit passiert war.
– Nein
sagte Marlene.
– Doch
sagte ich.
– Nein
sagte Marlene. Und
– Nein
war, glaube ich, auch das, was der zuständige Beamte sagte, als wir ihm erzählten, dass wohl eine seiner Wasserschildkröten unseren Motorradschlüssel verschluckt hätte.
– Doch
entgegnete ich auch dem Zuständigen in Schildkrötenfragen, der uns daraufhin eine Art Ticket aushändigte, dessen Betrag dem Neupreis einer Wasserschildkröte entsprach. Denn das arme Tier, das wir natürlich nicht mehr identifizieren konnten, würde unweigerlich an unserem geborgten Schlüssel zu Grunde gehen. Selbst dieses gemeinsame Erlebnis vermochte es nicht, Marlene und mich zusammenzuhalten.

Auch ein Jahr später, mit Katharina, stellte sich Taormina als der große Bruch heraus. Katharina war wohl die einzige 22-jährige, die in einem Gucci-Teil den Strand betrat und so zum Blickfang des gesamten Ortes wurde. Katharina verliebte sich in meine sinnlose Ambition, einfach nur berühmt zu werden. Egal womit. Als sie merkte, dass es mir damit keineswegs so ernst war wie ihr, stellte sie mir noch in Taormina ein Ultimatum.

– Ich will nicht zurückblicken und sagen müssen: Daniel, du warst eine Zeitverschwendung.

Katharina, eine Frau mit Zielen. Und mit sonst leider gar nichts. Soviel ich weiß, ist sie heute mit Gerald P. verheiratet. Gerald P. ist noch immer Student. 2 Kinder in 4 Jahren. Wahrscheinlich hat Katharina ihr Gucciteil inzwischen verkauft. Arme Katharina. Aber vielleicht macht sie aus ihren Kindern noch Stars. Erst kürzlich hat man mir erzählt, dass die beiden Zwerge bei einer Miniplaybackshow im Fernsehen auftraten. Damned to fame.

Kurz nach dem desaströsen Taorminaerlebnis mit Katharina kam ich mit Gerald P's Ex zusammen. Ihr Name: Barbara. Von Freunden: die Traurige genannt. Eigenartigerweise war unser Taorminaurlaub keineswegs traurig, sondern von jener wohltuenden Melancholie erfüllt, die einen romantischen Urlaub zu etwas wirklich Besonderem macht. Wir sprachen nicht viel. Als sie erfuhr, dass noch ein Jahr zuvor Katharina in diesem Bett gelegen hatte und sie vielleicht am selben Tisch aß wie „diese Schlampe", verwandelte sich Barbara, die Traurige, in Barbara, das eifersüchtige Monster. Wir vermieden es darüber zu sprechen. Doch da sich ein Großteil unserer Beziehung über Katharina und Gerald definierte, mussten wir uns in Taormina natürlich gegenseitig trösten. Wir trieben es Tag und Nacht. Sex als Trost. Sex, um zu vergessen. Um die Aggressionen loszuwerden. Letztendlich scheiterte auch diese Beziehung. Irgendwie nagte schon damals die Befürchtung an mir, dass ich für sie überhaupt nicht vorhanden war. Ich habe sie seit damals nicht mehr gesehen. Obwohl wir uns beinahe ein Jahr lang trösteten, weiß ich nicht, ob sie sich heute noch an mein Gesicht erinnern kann.

Nach Barbara kam Bettina. Eine höchst problematische Woche. Denn Bettina Sonnenschein zog die glatt frisierten Italiener an wie Scheiße die Fliegen. Wir verbrachten relativ wenig Zeit allein. Der einzige, der allein blieb, war ich. Und zwar die letzten 3 Nächte, als wir uns eben deshalb zankten. Ich weiß bis heute nicht, wo sie schlussendlich übernachtete. Eine Sexkolumne mit Bettina? Gott muss ein humorfähiges Wesen sein.

Nach Bettina kam Yvonne. Ich konnte gar nicht so viele Bücher mitnehmen, wie Yvonne in diesem Urlaub zu lesen gedachte. Beim Frühstück, am Strand, beim Essen, vor dem Schlafengehen. Und selbst, wenn das Licht aus war, interessierte sie Schopenhauers Welt nach Wille und Vorstellung mehr, als mein relativ konkret vorhandenes Geschlechtsteil in real greifbarer Nähe. Schade. Schade, dass Yvonne keine Vorliebe für französische Erotikliteratur hatte. Dann wäre sicher einiges anders gewesen.

Mit Britta schaffte ich es nie nach Taormina. Es wäre auch mein finanzieller Ruin gewesen. Denn Britta hätte sich niemals mit diesem idyllischen Zwergbungalow zufrieden gegeben. Es hätte schon die teuere Hütte am Hauptplatz sein müssen. Öffentliche Strände wären sowieso ein Gräuel für sie. Ohne Koks. Die engeren Kontakte zur süditalienischen Mafia wollte ich mir dann doch ersparen. In diesem Jahr fuhr ich mit Paul. Auch nicht schlecht. Obwohl Taormina unsere Freundschaft auf eine harte Probe stellte. Erst damals fiel mir auf, wie viel Paul wirklich kiffte. Und wie viel verbaler Schrott aus diesem Kiffermaul täglich herausgekotzt wird. Am Besten verstehen wir uns, wenn wir beide völlig besoffen über einer Theke hängen und zusammenhangloses Zeug von uns geben.

Und natürlich Lisa. Taormina wurde zum Wendepunkt unserer Beziehung. Während wir ein Jahr lang relativ leger zusammenlebten, verengte sich der Raum in dieser Woche dramatisch. Bis zu Taormina betrachteten wir uns eigentlich nicht als echtes Paar, sondern als beste Freunde, die es auch miteinander trieben. Keine große Geschichte. In Taormina wendete sich das Blatt.

– Ja, ich hab dich auch lieb.
– Nein, du verstehst nicht. Ich liebe dich. Ich will für immer mit dir zusammen sein.

Schön. In Taormina. Als Lisa dann bereits vor Ort anfing, Zukunftspläne zu schmieden, die über die magische 3-Jahresgrenze hinausgingen, erschlug mich die Panik, die normalerweise nur bei einem Bayern München-Sieg in mir aufzukommen vermag. Nicht, dass ich für Lisa nicht ebenfalls viel empfand. Immerhin hatte ich 2 Jahre lang auf diese Frau gewartet. Aber dieses Tempo erschlug mich einfach. Seit damals spricht sie ständig vom Heiraten und Kinderkriegen. Und ich weiß nicht mal, ob ich sie wirklich liebe. Für Lisa ist das alles beschlossene Sache. Wenn die Kinder aus dem Haus sind, dann ist man ohnehin schon alt und stirbt. Der Gedanke, mein ganzes Leben mit Lisa, nein, überhaupt mit einer einzigen Frau zu verbringen, erzeugt in mir panische Wallungen. Lisa erdrückt mich mit ihrer Liebe. Vielleicht hat dieses Tempo auch Methode. Vielleicht hat Lisa einfach Angst, dass ich ihr weglaufe, wenn sie mir zuviel Freiraum gewährt. Zeit zum Nachdenken!

Schlag auf Schlag! Jeder Schlag treibt mich ein Stück weiter weg von ihr.

Mit Nina fuhr ich nie nach Taormina. Das Wort Urlaub erschien für Nina absurd. Ihr ganzes Leben – ein einziger spontaner Trip. Und die Erde – eine viel zu kleine Spielfläche. Es gab auf dieser Welt keinen Ort, wo Nina nicht eine Fremde gewesen wäre. Es gab auf der ganzen Welt keinen Ort, der Nina fremd gewesen wäre. Ich sprach mit Nina nie über Urlaub, weil Nina für mich Urlaub war. Urlaub von mir selbst. Ich besitze von Nina kein einziges Foto.

Ihr Gesicht ist nur noch unscharf zu sehen. Dumpf und wie aus dem Nebenzimmer erklingen The Doors. Der apokalyptische Regen von „Riders on the storm“, Nebelschwaden von marokkanischem Gras, eine angelehnte Schlafzimmertür. Draußen lispelndes Gemurmel der feiernden Eidechsen. Schweigend nimmt mich Nina an der Hand. Ein endloser Gang. Die starrenden Blicke der anderen Echsen. Wir betreten die Höhle, wo der Lizardking schläft. Wir haben ihn geweckt – und die ganze Nacht bei ihm verbracht.

Girl you gonna love your man.
Girl you gonna love your man
Take him by the hand.
Make him understand.

Nina nahm mich an der Hand und führte mich schweigend an Orte, wo vor mir noch keiner gewesen war. Hand in Hand durch unentdecktes Land. Sie ließ mich in einer Wüste der Wirklichkeit zurück. Nina, die Fatahmorgana.

Es war mein erstes Mal in dieser Nacht. Nina die Eidechsenkönigin, die mich in die Rituale der Liebe einführte. Eine dionysische Messe mit dem Lizardking als Zeremonienmeister. Nina nährte in mir das Verlangen, ein besonderer Mensch zu sein. Egal, wo sich Nina befand. Dieses Königreich wurde nach ihr benannt.

Bald ging ich nicht mehr zur Schule, sondern saß mit Nina auf den Dächern über Wien, um das Himalayagebirge zu betrachten. In einem kleinen Wiener Club tanzten wir seltsame Rituale mit den Eingeborenen eines afrikanischen Stammes, der aus „Heart of Darkness" kam. Wir küssten uns unter dem Kilimandscharo und liebten uns im tropischen Regen des Amazonas

Diese Welt bestand nur noch aus Nina und mir. Alles andere die Erfindung eines Gottes, der Regie in unserem Epos führte.

Natürlich sahen sich meine Eltern dieses Epos nicht zu Ende an. Mein Vater, ein sokratischer Mensch, konnte für den dionysischen Lebensstil seines Sohnes nur wenig Sympathien entwickeln. Er wollte Nina kennen lernen. Und sie wickelte ihn um den kleinen Finger, wie die Sirenen die Seefahrer irreführten. Die Taktik war einfach. Sie war der erste Mensch seit Jahren, der ihm zuhörte. Als sie ging, umarmte er sie. Meine Mutter und ich standen peinlich berührt daneben.

Mein Vater schien auf eine wehmütige Weise fasziniert von dieser kleinen Dame, die sich durch den Dschungel der Erwachsenen bewegte, wie eine Aristokratin, die vom Leben geadelt wurde.

– Du wirst einmal wie dein Vater sein.

Ich hasste Nina für diesen Satz. Dieser Satz implizierte, dass wir nicht ewig zusammensein würden.

– Nicht, wenn du bei mir bleibst.
– Du weißt, dass ich eines Tages gehen werde.

Aus heutiger Sicht betrachtet, bin ich mir nicht sicher, ob sie mein Leben zerstört oder gerettet hat. Hätte mich damals jemand gefragt, wie die Zukunft aussehe, Wien wäre darin sicher nicht vorgekommen. Doch Nina behielt Recht. Ich werde irgendwann wie mein Vater sein. Die Weichen sind gestellt. Wenn Lisa zurückkommt, ist der Zug bereits abgefahren. Nicht, dass ich das Leben meines Vaters als gescheitert empfinde. Obwohl er jetzt mehr in der Vergangenheit lebt als je zuvor, was mit dem Tod meiner Mutter vor 4 Jahren zu tun hat. Ich war wie gelähmt als ich erfuhr, dass ihr Krebs ein unheilbarer war. Das konnte nicht sein. Es konnte nicht sein, dass der Mensch, der mir das Leben schenkte, sterben musste.

Als Mutter starb, blieb mein Vater gefasst. Sein Leben wurde keineswegs so einsam, wie wir es alle befürchtet, ja sogar gehofft, hatten. Als ich ihn eines Tages fragte, ob er nicht um Mutter trauerte, sagte er nur:
– Ich habe schon vor 30 Jahren um sie getrauert. Und auch um dich habe ich schon getrauert.

Er meinte damit keineswegs, dass er schon vor langer Zeit alles hingeschmissen hatte. Er war nur auf solche Ereignisse gefasst. So wie er auf alles im Leben vorbereitet schien. Mein Vater: ein schwer bewaffneter Mann.
– Sohn! Es ist besser froh zu sein, wenn die schlimmsten Befürchtungen nicht eintreten, als sich zu ärgern, dass die höchsten Ziele unerfüllt bleiben.

Warum konnte er solche Dinge nicht anders sagen? Warum konnte er nicht sagen: Es ist besser, eine gute Platte zu machen, als mit Kommerzmusik reich zu werden. Er war einfach so … uncool. Aber im Prinzip hatte er Recht. Die Welt ist in ihrem Wesen nicht gerecht. Das Schicksal sucht sich seine Opfer nicht nach Gut und Böse aus. Only the good die young? Only the young die young.

Manchmal wirkt mein Vater wie ein Mensch aus einer anderen Zeit. Seneca. Sokrates. Lionel Richie. Aber auch Heraklit.

Vater, warum stehst du vor dem Kühlschrank und starrst ihn an. Ist die Milch sauer?

– Der Tod ist etwas Gutes, weil er dem Leben einen Wert gibt. Und wer nicht traurig sein kann, kennt das Glück nicht. Ohne Gegensätze kein Leben.

Oder wie Heraklit sagte: Der Krieg ist der Vater aller Dinge. Und diesen Krieg führe ich. Mit mir selbst.

– Worum geht es im Leben?

Lisa legt ihre Gala kurz beiseite.

– Was meinst du?

– Was ist der Sinn des Lebens?

Lisa lächelt.

– Zufrieden zu sein.

– Nicht das große Glück?

– Das große Glück und der große Schmerz liegen zu eng beieinander, findest du nicht?

Ein milder, großzügiger Blick, der wieder hinter der Gala verschwindet.

Was wurde wohl aus den Menschen, aus denen nie etwas geworden ist? Mein Blick fällt auf das ungeöffnete Kuvert, das schon seit 3 Wochen neben dem Telefon liegt. Ich kenne den Inhalt. Ich habe mir geschworen, ihn zu ignorieren. Die Einladung zum 10-jährigen Klassentreffen. Heute Abend? Ich weiß nicht. Ich wollte doch meine Suche nach Nina fortsetzen. In

7 Tagen kommt Lisa zurück. Seit 10 Jahren habe ich meine Klassenkollegen nicht gesehen.

5 Minuten später entdecke ich Lisas Pillenpackung. Sie hat bereits vor 2 Wochen damit aufgehört.

Hammamet

Es kostet mich eine Stunde, Paul zu überreden, auf dieses beschissene Klassentreffen zu gehen.

– Willst du nicht wissen, was aus ihnen geworden ist?
– Was soll aus Wichsern schon geworden sein? Noch größere Wichser natürlich.
– Dann betrachte es doch als eine Art Studie.
– Warum willst du dort unbedingt hin? Wir waren uns doch einig, dass …
– Ich weiß, ich weiß. Aber ich bin neugierig. Ich will wissen, wie viel übrig geblieben ist.
– Von nichts kann nicht viel übrig bleiben.

So ging das eine Stunde lang. Am Ende konnte ich Paul nur mit Geld dazu zwingen.

– Ich übernehme die Rechnung.
– Ich habe Hunger.
– O. k.
– Ich habe großen Hunger.
– Schon gut.
– Und Durst habe ich auch.
– Ja, ja.

Pause.

– Bitte, dann gehen wir zu diesem großen Wichsertreffen. Wo ist das überhaupt?
– Im Café Hermann.
– Nein!
– Was nein.
– Nein nein.

Das Café Hermann ist die ehemalige Stammkneipe gegenüber unserer Schule. Alle trafen sich hier und ließen sich von Hermann, einem mieselsüchtigen alten Kellner, schikanieren. Als Gegenleistung durften wir einmal im Jahr in die Apfelstrudelvitrine kotzen. Einen Ausrutscher hatte jeder gut. Paul kotzte jeden Monat hinein. Was dazu führte, dass Hermann ihm Lokalverbot erteilte. Seit damals hat Paul dieses Café nicht mehr betreten.

– Darfst auch einmal in die Vitrine kotzen.
– Du übernimmst die Rechnung?
– Ja.
– Auch für den Apfelstrudel?
– Auch für den Apfelstrudel.

Paul und ich sitzen im Auto. Je tiefer wir in die Gegend unserer Jugend eindringen, desto ruhiger wird Paul, desto lauter wird das Radio. Die Cowboy Junkies führen uns zurück in alte Zeiten. An dieser Ecke habe ich mein erstes Mädchen geküsst. Eva W. Sie trug einen Polyesterpulli und eine Zahnspange. Sie hat mich nicht unter ihren BH gelassen. Unsere Beziehung dauerte genau 37 Minuten und 23 Sekunden. Danach mussten wir uns aufgrund unüberbrückbarer Differenzen trennen.

Und hier kotzte ich meinen ersten Bierrausch aus. Einen Sechseurorausch. Und dort. Paul, erinnerst du dich, haben wir das Auto unseres Lateinprofessors mit Klopapier eingewickelt. Wir sind angekommen. Paul stellt den Motor ab. Die Cowboy Junkies spielen Blue Moon. Und wie damals lassen wir beide unsere Jacken im Auto, bestücken uns mit genügend Zigaretten und hören uns die laufende Nummer fertig an.

– Ich kann nicht glauben, dass Lisa mit der Pille aufgehört hat, ohne mir etwas davon zu sagen.

– Wie bitte?
– Sie hat einfach damit aufgehört.
– Wie kann sie das tun?
– Ist ganz einfach. Sie schluckt sie nicht mehr.
– Nein, ich meine, warum?
– Weil sie es als beschlossene Sache ansieht, dass wir Kinder haben wollen.
– Hast du ihr gesagt, dass du auch welche willst?
– Nun, ich habe mich nicht dagegen gewehrt.
– Verstehe.
– Sie hat mich im Urlaub gefragt. Vor einem Jahr.
– Und seither habt ihr nicht mehr darüber gesprochen?
– Nein.
– Verstehe.
– Was heißt hier verstehe. Sie kann mir doch nicht einfach ein Kind anhängen.
– Für sie hast du bereits ja gesagt.
– Nein, habe ich nicht. Eben nur einmal. Das zählt nicht.
– Frauen denken da anders. Als ich zu Veronika sagte, dass es jetzt vielleicht nicht der richtige Zeitpunkt ist, um ein Kind zu bekommen, ist sie heimlich abtreiben gegangen.
– Ich wusste gar nicht, dass sie schwanger war.
– Ich auch nicht. Sie hat es mir erst 2 Jahre später gebeichtet.
– Verstehe.
– Verstehe?

Schnell raus hier, bevor die nächste Nummer beginnt.

Als wir das Café Hermann betreten, spielen sie noch immer die gleiche Eighties Compilation wie vor 10 Jahren. An der Bar Hermann, der mich enthusiastisch begrüßt und Paul eines skeptischen Blickes würdigt.

– Hallo Paul. Ein Glas Milch?

Paul setzt seinen gefährlichen Trinkerblick auf.
– Nein. Heute nehme ich ein Bier und einen doppelten Wodka mit Eis.

Hermanns Augen schrumpfen zu Schlitzen. Ich glaube, ich kann eine Träne sehen.

Als ich mich umsehe, starren mir 48 Augen ins Gesicht. Alles Slowmotion. Einige lächeln. Einige verdrehen die Augen. Nur der Lateinprofessor kiefelt noch immer an den Klopapierrollen, mit denen wir sein Auto einwickelten. Vielleicht auch an dem Abend der Abiturfeier, als ich ihn ein schleimiges Arschloch nannte

– Hi.
Alle im Chor.
– Hi.
– Hallo Gruppe.
– Hallo Paul.

Fuck. Wo ist hier der Notausgang?

Man bietet uns 2 Sitzgelegenheiten an. Wie in der Schule werden Paul und ich auseinandergesetzt. Als Hermann die Drinks bringt, bestellt sich Paul gleich noch eine Garnitur nach.
– Quo vadis, quo vadis?
schüttelt der Professor den Kopf.
– Wohin alle von uns gehen.

Paul deutet unter die Erde. Und der Professor setzt sein Oberlehrerlächeln auf.
– Paul. Erzähl mal. Was machst du denn so?

Ich sehe, dass der Kumpelton des Professors Paul anwidert. Seine Lippen leisten höchsten Widerstand.
– Ich bin Künstler.
– Künstler? Was macht man da?

– Bilder.
– Landschaftsbilder?
– Ich habe mich auf Genitalien spezialisiert. Fragen Sie mich, ob Sie mir einmal Modell stehen dürfen?

Verlegen lächelt der Professor zurück. Er ist nicht gekommen, um den vor 16 Jahren begonnenen Krieg fortzuführen.

– Und davon kann man leben?
  Falsche Frage.
– Nein.
– Und wovon lebst du dann, Paul?
– Ich verkaufe Gras. Wenn Sie welches brauchen. Ich bin Ihr Mann.

Paul schüttet den Wodka auf ex hinunter. Von links spricht mich Alex an. Alex, der Fußballer. Er hat mir meine erste Freundin ausgespannt. In der Schule war er der Star. Jetzt sieht er aus wie ein Versicherungsvertreter.

– Ich verkaufe Versicherungen. Wenn du mal …
– Danke, ich bin schon.
– Meine Frau.

Alex zückt ein Foto. Ein zerknittertes Passbild, auf dem kaum etwas zu erkennen ist. Nur soviel: Sie sieht aus wie der Trostpreis bei einem Völkerballturnier.

– Nett.
– Ja. Wir haben gleich nach dem Abitur geheiratet.
– Weil sie schwanger war?
– Woher weißt du das?
– Ich glaube, Paul hat's mir erzählt.
– Woher Paul das schon wieder gewusst hat?
– Paul, woher wusstest du eigentlich, dass Alex' Frau schwanger war?

Ein Fehler, ein gottverdammter Fehler.

– Na hör mal, da ist doch ewig diskutiert worden, wer der Vater ist.

Alex ist verwirrt.

– Was soll das heißen?
– Vergiss es. Paul scherzt nur – wie immer.

Immerhin hat Alex dadurch das Interesse an mir verloren und dreht sich zu Peter, dem ehemaligen Klassenstreber. Aus dem Klassenstreber ist ein braungebrannter Patrick Bateman geworden. Italienischer Designeranzug. Schweizer Uhr. Deutsche Limousine. Amerikanischer Konzern. Spanische Supermodels. Schwedischer Kontostand. Er wohnt in einem Loft und vögelt dort jede seiner Assistentinnen. Er protzt damit, bereits die 4. Vaterschaftsklage gewonnen zu haben. Er ist der beste Anwalt der Stadt. Alles nur, weil er ein schlechter Fußballspieler war.

– Hallo Klaus.
– Hallo Daniel.
– Und? Was macht das Leben?
– Ich habe 6 Kinder, 2 Hunde, eine Katze und einen beschissenen Job. Ich weiß nicht. Ich habe das Leben schon lange nicht mehr gesehen. Und du?
– Ähhh. Ich schreibe eine Sexkolumne.
– Eine Sexkolumne? Hast du nichts zum Ficken?

Manches ändert sich nie. Klaus ist direkt. Aber nicht aus einer gewissen Grundehrlichkeit heraus, sondern aus purem geistigen Manko. Seine Borniertheit erlaubt ihm einfach keine Höflichkeit. Seine Zunge ist direkt mit dem Scheißen-Fressen-Instinkt kurzgeschlossen.

– Doch, ich habe Geschlechtsverkehr. Aber ich habe keine 6 Kinder. Es gibt ja so etwas wie Verhütungsmittel am Ende des 20. Jahrhunderts.

Eine Antwort, die mir das hämische Grinsen von Paul und einen beleidigten Blick von Klaus einbringt. Doppeljackpot! Wie konnte Lisa einfach mit der Pille aufhören, ohne mir etwas zu sagen?

– Eine ausgezeichnete Kolumne. Meine Frau liest sie mit großer Leidenschaft.
– Aber Herr Professor? Mit großer Leidenschaft?

Unweigerlich beginne ich mir die beiden im Bett vorzustellen. Ich sehe eine alte, dicke Frau, die mittendrin meine Kolumne aufschlägt, um die dort angeführten Ratschläge direkt anzuwenden.

– Dein ehemaliger Schüler schreibt, dass Blasen dem Mann große Wolllust bereitet.

Wo ist die verdammte Apfelstrudelvitrine, damit ich kotzen kann?

– Danke, Herr Professor und Empfehlung an die Frau Gattin. Wenn sie einen Ratgeber braucht, kann sie sich ja direkt an mich wenden.

Noch lächelt der Herr Professor. Doch Paul nimmt seine 5. Runde entgegen.

Nachdem alle ihren Small Talk bezüglich „mein verschissenes Leben" abgeschlossen haben, konzentriert man sich auf das Unabwendbare, das Unverwüstliche, das Unzerstörbare. Die amüsantesten Geschichten aus der Schulzeit. Vom letztklassigsten Trinkgelage bis zu den schlechtesten Schülerstreichen. Ja, sogar die Klopapieraktion bleibt dem armen Professor mit der alten, dicken Frau nicht erspart. Und plötzlich wird mir klar, wie viele von meinen Klassenkameraden nur noch in der Vergangenheit leben. Alex redet ständig von seinen Fußballerfolgen und den ersten eroberten Mädchen. Klaus schwärmt von seinen betrunkenen Entgleisungen. Nur Peter, der Streber, will von der Vergangenheit nichts wissen. Er verdrängt sie mit Porsche und Assistentinnen.

Wie konnte es soweit kommen, dass für die meisten mit dem Abitur Schluss war? Schluss mit lustig, Schluss mit Lebensfreude, Schluss mit allem. Was war mit ihnen passiert?

Plötzlich läuft der gesamte Film meines zukünftigen Lebens vor mir ab. Lisa wird schwanger und ich besorge mir einen regelmäßigen Job. Die Regelmäßigkeit besteht darin, dass er regelmäßig ein Albtraum ist. Aber er bringt wenigstens genug, um eine Familie zu ernähren. Vielleicht könnte mir Alex helfen, in der Versicherungsbranche unterzukommen. Gemeinsam kümmern sich Lisa und ich um Kinder und Haushalt. Wir schlafen kaum noch miteinander, weil wir dazu viel zu müde sind. Außerdem fühlen wir uns alles andere als sexy. Wir sind nur noch 2 ausgelaugte Stücke Fleisch, die erleichtert sind, wenn der Albtraum 2 Minuten lang pausiert. Mit Fernsehen lenken wir uns ab. Hin und wieder trinken wir mit Freunden, die nur deshalb Freunde sind, weil sie das gleiche Schicksal ereilte, einen über den Durst. An solchen Abenden wird über Kinder, Job und früher gesprochen. Früher, als alles anders, alles besser war. Wenn die Kinder das Haus verlassen, dann gehen wir entweder auf Reisen oder wir lassen uns scheiden, um alles nachzuholen, um daran zu scheitern, um schließlich einsam zu sterben. Aus Panik bestelle ich mir einen Drink und beginne mir selbst die absurdesten Dinge zu versprechen, wenn Lisa nur nicht schwanger wäre. Als sie hereinkommt. Sie! Maria Heidegger. Die Klassenschönheit. Nein, Schönheit aller Klassen.

Ich hätte sie kaum wiedererkannt. Sie trägt einen Burberryrock und eine dunkelrosa Bluse. Sie sieht mindestens 10 Jahre älter aus als sie ist. In ihrem verhärmten Gesicht sind alle 3 Kinder zu sehen. Sie setzt sich zu ihren ehemaligen Schulfreundinnen, um sofort Kinderfotos auszutauschen. Maria ist nur noch Mutter. Irgendjemand hat vergessen, sie wieder zur Frau werden zu lassen. Wir sehen uns kurz an. Immerhin war ich einmal verliebt in sie. Ich kann in ihren Augen ein kurzes Funkeln sehen, ein kurzes Aufblitzen der Erleichterung, dass wenigstens ich noch genauso aussehe wie früher.

– Hallo Daniel.

– Maria.

– Meine Kinder.

Das Funkeln verschwindet. Es klingt wie eine Entschuldigung für ihr Auftreten.

Mein Blick wandert zum Professor, der sich inzwischen von Paul abgewandt hat und mit Peter, dem Streber spricht. Ich starre ihn an und beginne das erste Mal den Menschen hinter der Lehrerfassade zu sehen. Ein Mann, der den ganzen Tag in Schulklassen verbringt und dort um Respekt und Anerkennung kämpft. Er hat mit den Jahren Strategien für sein Scheitern entwickelt. Eine Art Gleichgültigkeit, die ihn zwar schützt, aber sein Leben auch nicht mehr als besonders wichtig erscheinen lässt. Er musste sich selbst aufgeben. Was ihm bleibt, sind seine Frau, die begeistert meine Kolumnen liest, und die Aussicht auf die Pensionierung, um dann endlich ein neues Leben beginnen zu können.

Mit zunehmender Stunde driftet der ganze Abend in ein Trinkgelage ab. Peter, der Streber macht sich an Maria, die Klassenschönheit ran. Wahrscheinlich hat sie schon sehr lange keiner mehr angemacht. Zumindest heute Abend fühlt sie sich nach langem wieder als Frau. Und für Peter erfüllt sich ein Traum, den er vor 16 Jahren träumte. Jetzt hat er es geschafft. Er flirtet mit Maria Heidegger. Gegen 4 Uhr sehe ich die beiden auf der Damentoilette verschwinden. Alex und der Rest, der früher cool war, beginnen lautstark zu den Eighties Evergreens zu grölen. Gegen 3 Uhr erinnert das Ganze an einen All inclusive-Club in Hammamet. Einmal im Jahr wird hier die Sau rausgelassen. Schlechte Drinks, schlechte Musik, schlechte Anmachen für schlechten Sex. Und natürlich Paul, der erneut in die Apfelstrudelvitrine kotzt, um sich endgültiges Lokalverbot einzuhandeln.

Hammamet. Ein Abend wie die Schulzeit. Ein Abend, an dem die Tristesse nicht mehr zu verbergen ist. Jener Abend, an dem wir wissen, dass es nie wieder so sein wird, wie es hätte sein können.

Athen

Als ich nachhause komme, ist es 4 Uhr. Gegen 12 Uhr bin ich mit Bettina verabredet. Es wäre also vernünftig, schlafen zu gehen. Stattdessen ertönt erneut Brian Eno aus den Boxen meines Laptops.

Verbinden … receiving 3 messages …

Message 1: Tania

Hi,
bin in L. A. Was macht Wien? Du … ich habe in den letzten Tagen viel an dich gedacht ... es war sehr schön mit dir … über Wien habe ich auch viel nachgedacht. Ich weiß nicht, seit dem Abend im Leavingroom fühle ich mich in L. A. einfach nicht mehr wohl … vielleicht fehlt mir Wien doch mehr, als ich dachte … vielleicht fehlst du mir mehr als ich dachte … habe heute einen Flug nach Wien gebucht … komme nächste Woche zurück … muss dich sehen.
Deine an dich denkende
Tania

Shit. Sie kommen alle zurück. Dabei braucht uns doch nichts peinlich zu sein. Es kommt alles zurück. Selbst dieser Abend, über den es nichts mehr zu sagen gab. Ich überlege, ob ich ihr gleich antworten soll, oder ob ich warte bis Tania in Wien ist. Aber dann wird Lisa auch hier sein. Ich hätte gleich klaren Tisch machen sollen. Wie die meisten Männer bin auch ich mutig, wenn es um hormonale Begierden und verdammt feig, wenn es um klare Fronten geht.

Könnte ich mir eine Beziehung mit Tania vorstellen? Ich finde sie sexy und die Nacht war toll. Ich meine ein One-Night-Stand ist ein One-Night-Stand. Alles ist aufregend, keiner von beiden kommt und die Gespräche danach sind immer eine Katastrophe. Aber irgendwie kann ich mir nicht vorstellen, dass Tania die Mutter meiner Kinder ist.

– Wie bitte?
– Ja, die Mutter meiner Kinder.
– Ich dachte, du willst keine Kinder.
– Das habe ich auch nicht behauptet. Aber trotzdem ist es das Kriterium, ob ich mit einer Frau eine Beziehung eingehe oder nicht.
– Ob du dir vorstellen kannst, mit ihr Kinder zu kriegen?
– Genau.
– Ich bin deine innere Stimme. Aber ich habe aufgehört, dich zu verstehen.

Was soll ich sagen? Tania und ich haben keine Zukunft. Wahrscheinlich, weil Frauen wie Tania in meinem Leben bereits Vergangenheit sind. Sie erinnert mich an Bettina, versetzt mit ein bisschen Britta und Katharina.

Mir fällt auf, dass ich noch nie rückfällig wurde. Bettina schwirrt durch meinen Kopf. Kann ich mir vorstellen, mit ihr zu schlafen? Wäre es wie damals? Oder ist sie inzwischen eine andere, eine Fremde geworden. Hätte ich Sex mit der alten Bettina, wie ich sie kenne, oder mit einer neuen, wie ich sie gerade kennen gelernt habe? Ein Experiment, mit dem ich jetzt, besoffen kokettiere. Kurz überlege ich sie anzurufen. Finde aber glücklicherweise ihre Nummer nicht. Die tiefe Stimme von Platz 39 kann mich schließlich nach mehreren lächerlichen Annäherungsversuchen mit einem Weckruf abwimmeln.

Message 2: Athen

break the silence, honey.
athen

Athen ist eine Internetbekanntschaft. Wir haben uns vor 5 Jahren in einem Chat kennen gelernt und uns dann immer wieder in irgendwelchen virtuellen Separees getroffen. Ein unverbindlicher Zeitvertreib ohne Konsequenzen. Das, was Tania hätte sein sollen. Nur Tania war echt. Athen ist auch echt. Aber auf einer rein virtuellen Ebene. Im Internet. Besser als träumen, aber nicht ganz so gut wie das echte Leben. Ungefährlich. Ich habe keine Ahnung, wer Athen wirklich ist. Weiß nicht, wo sie lebt, wie alt sie ist. Weiß nicht mal, ob es sich wirklich um eine Frau handelt.

Ich glaube, es wäre eine herbe Enttäuschung, Athen im wirklichen Leben kennenzulernen. In dieser schwarzen Box bietet sie mir genügend Raum. Hier entlarvt sie sich nicht als normaler Mensch. So wie schließlich jede Verliebtheit am Alltag scheitert. Dann, wenn man beginnt, den wirklichen Menschen zu sehen, die kleinen Punkte auf der Fototapete. Mit Athen wird es immer geheimnisvoll bleiben. Keine Nähe, die einen mit der Zeit erstickt. Athen ist eine Nina, die aus dem Jenseits spricht.

Das mit mir und Athen läuft jetzt schon seit 5 Jahren. Und da jede echte Affäre auch eine weitere Verpflichtung bedeutet, wurde sie mit der Zeit der unsichtbare Retter meiner Beziehungen. In sie konnte ich problemlos alle erotischen Fantasien projizieren. Hier gibt es keine Hemmungen. Keine Konsequenzen. Nichts, das uns peinlich zu sein braucht. Hier darf ich ganz ich selbst sein. Was bei Beziehungen irgendwann zu nerven beginnt.

Ich maile Athen zurück, dass wir uns morgen Nachmittag um 3 Uhr im Zimmer 105 des virtuellen Hotels Bombay treffen. Sie willigt ein. Athen scheint nie zu schlafen. Oder es ist gerade Tag, dort, wo sie ihr stinknormales Leben führt.

Message 3: Netdetective

Ich überlege, ob ich diese Message öffnen soll. Will ich wirklich wissen, wo Nina steckt? Ist sie nicht perfekt, so wie sie jetzt ist? Ein verklärtes Bild wie von Athen. Wenn ich sie finde, könnte ich nach all den Jahren begreifen, dass auch Nina ein stinknormaler Mensch ist.

Andererseits hindert mich genau dieses Nichtwissen daran, mich auf Lisa 100 %ig einzulassen. Ist die Tatsache, dass ich mit Nina nie wirklich abschloss, nicht der Grund, dass ich für keine andere Beziehung bereit war? Meine anderen Beziehungen endeten stets dort, wo es mit Nina aufgehört hatte.

Ich schalte den Fernseher ein. Und wie immer läuft um diese Zeit Reality-T.V. Das letzte, was ich sehen will. Fucking Reality. Reality-T.V. führt mir nur die Tatsache vor Augen, wie langweilig und elend unser Leben doch ist. Es gibt offenbar keine andere Perspektive als die, Mensch zu sein. Ein jeder hat die gleichen Probleme, ein jeder führt im Grunde genommen das gleiche Leben. So wie John Lennon einmal sagte:

– Es gibt nichts, das sie dir zeigen, das du auf irgendeine Art und Weise nicht sowieso schon kennst.

Ich frage mich:
– Warum kann das Leben nicht wie ein Film sein?
– Dann würden Studenten stets in riesigen Lofts wohnen, die Bösen immer daneben schießen und niemand müsste Autos absperren.

– Aber wen interessiert schon, was nach dem Happy End passiert? Wer will wissen, dass sich auch dieses Vorzeigepaar einmal wegen nicht runtergeklappter Klobrillen und sexueller Frustration zerfleischen wird?

Ich war mit Nina nicht verabredet. Wir waren irgendwie nie verabredet. Wir liefen uns sowieso ständig über den Weg. Eigentlich war die ganze Beziehung ein einziges „Sich über den Weg laufen". Ich läutete, da ich keinen Schlüssel zu ihrer Wohnung besaß. Nina meinte, es wäre, als hätte ich einen Schlüssel zu ihr selbst. Ich läutete. Nina öffnete die Tür und zögerte, mich hereinzulassen. Normalerweise stand die Wohnungstür einfach offen. Nina hatte nämlich die Angewohnheit, sich in der Wohnung zu verstecken, um mich dann zu erschrecken. Ein Spiel, das zwischen uns lief. Ein Spiel wie eine Metapher für unsere Beziehung.

– Du wirst nie wissen, wo ich bin. Ich kann jederzeit wiederkommen. Also werde ich nie wirklich weg sein.

Wie wahr. Wenn ich nachhause komme, hoffe ich noch heute, dass Nina aus irgendeinem Versteck hervorspringt. Manchmal suche ich in der Wohnung nach ihr. Ich halte auf der Straße nach ihr Ausschau. Und wer weiß. Vielleicht springt sie im Supermarkt plötzlich hinter einem Regal hervor und sagt:

– Siehst du. Du hast mich nicht gefunden. Erschreckt?

– Nein. Erleichtert.

Damals stand Nina an der Tür und ich wusste sofort, dass irgendetwas nicht stimmte. Ihr Gesicht war verheult. Als ich fragte, was los sei, sagte sie nur:

– Nichts. Es ist vielleicht besser, du gehst. Wir treffen uns um 8 Uhr im Café Hermann.

Es war das erste Mal, dass wir uns so etwas wie einen Treffpunkt ausmachten.

– Nina?
Hinter der Tür erschien ein zweites Gesicht. Ein robuster, kräftiger Mann Mitte 50. In sein Gesicht waren mindestens 4 Leben gegerbt. Seine kalten Augen besaßen jene Güte, die nur Menschen innewohnt, die bereits alles gesehen haben. In perfektem Deutsch sagte er:
– Sind Sie Daniel?
– Ja.
– Kommen Sie herein. Wir freuen uns, Sie kennenzulernen.
Zögernd trat ich ein. Ninas verweinter Blick folgte mir. Im Wohnzimmer: ihre Mutter und ihr Bruder Alain. Er war gerade damit beschäftigt, das Bücherregal auszuräumen. Rimbaud, Conrad und Konsorten verschwanden in großen, braunen Kartons. Sie hätten sich wenigstens verabschieden können.

Das erste Mal wurde mir klar, dass Nina keineswegs ein Zauberwesen aus einem fernen Märchenland war, sondern ein 16-jähriges Mädchen mit Eltern, die offenbar vorhatten, Nina aus meiner Welt zu reißen, um sie in die ihre zurückzuholen.

Sie begrüßten mich freundlich und boten mir etwas zu trinken an. Ich sah mich um. Der Vater trank Martini, die Mutter französischen Rotwein. Ich schloss mich Alain an, der neben dem Regal ein Bier stehen hatte.
– Wir haben schon viel von Ihnen gehört.
Ich nahm dies als eindeutigen Beweis, dass ich Nina doch mehr bedeutete, als sie zuzugeben bereit war.
– Ich hoffe nur Gutes.
Der Vater lächelte in seiner wissenden Güte. Er hatte natürlich sofort bemerkt, dass mir Nina nichts von all dem erzählt hatte. Er ging auf die Situation auch nicht ein und ignorierte den Umstand, dass ich abwechselnd die eingepackten Kartons und Nina anstarrte. Nina, die nur schweigend dasaß und an einem Café Latte nippte.

Die Eltern erzählten mir, dass sie die letzten Jahre in den Arabischen Emiraten gelebt hatten. Dass sie sich wieder nach dem Westen sehnten und man gedenke jetzt eine Zeit lang in London zu bleiben.

London? Ist doch gar nicht so weit, dachte ich mir, da kann ich sie wenigstens jedes Wochenende besuchen.

Der Vater erzählte von seiner Zeit in Österreich. Er hatte ein Jahr lang in Linz gearbeitet. In einer Schuhfabrik. Deshalb dachte er auch, Nina wäre in Österreich gut aufgehoben. Da könne man ein 16-jähriges Mädchen auch mal ein Jahr lang alleine lassen. Wenn man bedenkt, was sie alles durchgemacht hat.

– Durchgemacht?

Dachte ich mir. Und der Vater sah erneut, dass mir Nina auch davon nichts erzählt hatte. In geübter Diplomatenmanier wechselte er das Thema und erzählte, dass er kurz danach auf diesem Schiff anheuerte. 2 Jahre lang bereiste er die Welt.

– Harte körperliche Arbeit. Danach bot man mir Diplomatenjobs an. Meistens in Ländern, wo keiner hinwollte.

Taiwan, Vietnam, Nigeria. Die Arabischen Emirate waren eine positive Ausnahme. Jetzt sei es an der Zeit, wieder zu geordneten Verhältnissen zurückzukehren. Er sei alt. Und auch nicht ganz gesund.

– Und was haben Sie nach der Schule vor?

Ähhh. Alles, was Sie jetzt gerade erzählt haben.

– Ich weiß noch nicht. Will mich mal umsehen.

– In Wien?

Ich schüttelte den Kopf, als handelte es sich um einen gelungenen Scherz.

– Nein, im Ausland.

Erneut erntete ich das milde, gütige Lächeln des Vaters. Er sagte damit das, was Nina schon ein Jahr zuvor gesagt hatte.

Nämlich, dass ich für immer hier bleiben werde. Weil ich hierher gehöre. Er brauchte es nicht auszusprechen. Ich wusste, er hatte Recht.

Ab 18 Uhr wartete ich im Café Hermann und kippte ein Bier nach dem anderen. Sogar Hermann begann, sich um mich zu sorgen. Und natürlich um seine Apfelstrudelvitrine.

Um 20.30 Uhr kreuzte Nina endlich auf. Ich war ihre Unpünktlichkeit gewohnt. Heute schmerzte jede Minute. Jede Minute, die sie nicht bei mir war, war eine gestohlene Minute von dem bisschen Zeit, das uns noch blieb. Mit gesenktem Blick saß sie da.

– London?

Sie nickte.

– Warum hast du mir nichts davon erzählt?
– Weil du nur noch daran gedacht hättest, dass ich weggehe.
– Aber du gehst weg.
– Ich gehe schon von Anfang an weg. Das weißt du.
– Aber zum Glück nur nach London. Das ist ja nicht so weit.

Jetzt heulte sie los. Mindestens 10 Minuten lang war sie unfähig, ein Wort zu sprechen.

– Es wäre besser, wie würden uns dann nicht mehr sehen.
– Was?
– Glaube mir. Es ist besser so

War ich doch bis dahin recht gefasst, drohten meine Augen jetzt zu explodieren. Aus ihnen schoss jeder Tropfen Wasser, den dieser Körper zu bieten hatte.

– Das kannst du mir nicht antun. Ich liebe dich doch.
– Ich weiß. Und deshalb ist es besser so. Du sollst die Chance haben, ein neues Leben zu beginnen und nicht irgendeinem alten hinterherzutrauern. Es macht keinen Sinn, wenn ich in London bin und du in Wien.

– Aber ich könnte doch nach London ziehen.
Ihr Kopf begann zu zucken. Er versuchte noch eine Träne aus sich herauszuwürgen. Alles verbraucht. Als ob sie jede Körperflüssigkeit herauskotzen wollte, schüttelte sie den Kopf. Dann saßen wir schweigend da und starrten uns an. So, als würden wir versuchen, uns die Gesichter einzuprägen, sie auswendig zu lernen, um sie jederzeit, für alle Zeit, abrufen zu können. Wir hielten uns an den Händen, verkrampften sie ineinander, so fest, dass es Schmerzen bereitete. Schmerzen, die uns versicherten, dass der andere noch anwesend war. Nach einer halben Stunde das erste Wort.
– Wann?
– In einer Woche.
– In einer Woche schon?
– Ja.
Diese Woche war schrecklich und wunderbar zugleich. Wir sprachen kaum miteinander. Konzentrierten uns auf das Wesentliche. Kein Augenblick, an dem wir uns nicht zärtlich berührten. Wir schliefen ständig miteinander. Wir sprachen wenig. Aber wir sprachen darüber, was Ninas Vater damit gemeint hatte, als er sagte:
– Nach all dem, was sie durchgemacht hat.

Nina hatte einen Freund in den Emiraten. Ein Amerikaner namens Chris, der um 8 Jahre älter war als sie. Sie erzählte mir sexuelle Details, von denen ich damals nur zu träumen wagte. Oh Gott, war ich eifersüchtig. Ich hätte alles gegeben, wenn Nina mit mir so weit gegangen wäre.

Dieser Chris war wie besessen von Nina. Er verfolgte sie überall hin, weil er Angst hatte, dass sie sich heimlich mit anderen Männern traf. Er sperrte sie in seinem Zimmer ein, weil er fürchtete, dass sie ihn verlassen könnte. Eines Tages würgte und schlug er sie. Das war der Tag, an dem Nina beschloss, diesen Chris zu verlassen.

Doch sie wusste, dass es nicht reichen würde, mit ihm einfach Schluss zu machen. Keine Distanz schien weit genug für Chris. Sie verließ das Land und erzählte niemandem, wohin. Nicht mal ihrer besten Freundin. Aus Angst vor Chris, der zu allem fähig schien. Es war nicht das erste Mal, dass sie ihren gesamten Freundeskreis hinter sich gelassen hatte. Doch dieses Mal durfte niemand von ihrem Aufenthaltsort wissen. Ein Bruch für immer.

Als Nina ging, sagte sie mir nicht, wohin. Es sollte ein Bruch für immer sein. Auch für mich schien keine Distanz zu weit.

Chris erinnert mich an einen Artikel, den ich vor kurzem in der Zeitung las. Er handelte von einem Typen, der von seiner Freundin verlassen wurde. Er war so besessen von ihr, dass er sich einzelne Körperteile amputierte. Er schickte seinen kleinen Finger, dann eine Zehe, schließlich sogar die Zunge an seine ehemalige Geliebte. Nach 3 Wochen kamen alle Pakete zurück. Die Adresse stimmte nicht mehr. Seine Körperteile waren unzustellbar.

Ich sitze vor Message 3 und überlege, sie einfach nicht zu öffnen. Mein Vater erzählte mir einmal von einem Mann, der fest davon überzeugt war, dass er Lungenkrebs hatte. Also ging er zum Röntgen. Seine Angst vor dem Ergebnis war jedoch so groß, dass er den Befund nicht abholte. Stattdessen lebte er im festen Glauben weiter, ein Todgeweihter zu sein.

– Ja, aber wo ist denn der Unterschied, ob er sich das verdammte Röntgen nun abholt oder nicht?
– Es hätte ihm ja auch eine gesunde Lunge attestieren können.

Jetzt gibt es eine Chance, meine Körperteile endlich zu versenden. Jetzt könnte ich das Lungenröntgen abholen. Ich brauche nur auf „Open Message“ drücken. Vielleicht auch:

– Sorry, aber Nina Beauclair ist einfach nicht auffindbar. Wir haben alles versucht. Wir sehen keine Möglichkeit, Ihnen in dieser Sache weiterzuhelfen. Sie erhalten Ihr Geld natürlich umgehend zurück.

Vielleicht. Vielleicht aber auch nicht.

Ich schalte den Fernseher aus, sitze im Dunkeln und rauche eine Zigarette nach der anderen. Was werde ich tun, wenn dort wirklich Ninas Adresse blinkt? Werde ich sie tatsächlich suchen gehen? Was soll ich ihr sagen? Ich habe einen Detektiv beauftragt, um dich zu finden? Ich weiß selbst nicht, warum? Ich wollte dich einfach nur sehen und wissen, ob ich etwas empfinde, wenn ich dich nach 10 Jahren wiedersehe?

– Wo ist der Koffer, den du damals mitgenommen hast?
– Dort?
– Der ist ja leer.
– Was hast du denn erwartet?

Ich öffne Message 3. Der Netdetective fordert mich auf, meine Kreditkartennummer einzugeben. Als Gegenleistung erhalte ich die letztgültige Adresse von Nina Beauclair. Ein halbe Stunde später buche ich einen Flug nach London. Die Maschine geht um 19.30 Uhr.

Paris

Gegen 11.30 Uhr läutet das Telefon und keiner geht hin. Wieder einmal hat sich der Wecker in diesen Traum eingeschlichen. Noch während ich mich anziehe, rufe ich Paul an.

– Ich fliege nach London heute Abend.
– Nach London? Schreibst du eine Auslandskolumne?
– Nein. Ich treffe Nina.

Schweigen. Mindestens so lange wie Sylvester Stallone braucht, um die richtigen Worte zu finden. Eine maßlose Übertreibung: Ich treffe Nina.

– Ähhh. Nina? Die Nina?
– Die Nina.
– Seit wann habt ihr wieder Kontakt.
– Seit heute Nacht. Erzähl ich dir später. Wollte nur, dass jemand weiß, wo ich bin.
– Ähhhh. O. k.

In 5 Tagen kommt Lisa zurück. Die Wahrscheinlichkeit eines Anrufes bewegt sich gegen Null. Sie wird nie erfahren, dass ich nach London gefahren bin, um Nina zu suchen.

Vorher gilt es noch eine Sexkolumne schreiben. Und zwar mit meiner Exfreundin. Doch die Hoffnung, Nina wiederzusehen, macht mich unverletzbar. Ich fühle mich stark wie seit Jahren nicht mehr. Neben mir könnte eine Bombe explodieren …

– Hallo? Hier spricht Lisa aus Tokio … ich kann nur ganz kurz sprechen, aber ich hatte solche Sehnsucht nach dir. Ich wollte einfach nur deine Stimme hören.
– Hi.
– Was machst du?

Ich schreibe eine Sexkolumne mit meiner Exfreundin, hatte einen One-Night-Stand mit Tania und treffe in wenigen Stunden Nina.

– Ähhh, nichts Besonderes. Wie geht's dir?
– Ich freue mich schon auf dich. 5 Tage noch. Muss aufhören. Ciao und einen ganz dicken Kuss.

Habe ich gesagt, dass ich mich stark fühle wie selten zuvor? Warum haben Frauen einen sechsten Sinn für solche Dinge? Selbst aus 10.000 Kilometern Entfernung spüren sie, dass etwas nicht in Ordnung ist. Als ich mit Barbara Schluss machen wollte, öffnete sie schon verheult die Tür. Und selbst die unsensible Britta, sagte mir eine Woche vor der großen Lebenslaufoffenbarung, dass sie mich so wollte, wie ich war.

Was soll passieren? Sie kann unmöglich früher zurück. Solange keiner außer Paul von meinem Londonaufenthalt weiß, ist jeder Anruf mit einer Ausrede vom Tisch gefegt. Das Motto: Lügen! Lügen! Lügen! Außerdem: Wer weiß, wie die Situation nach London aussieht? Vielleicht ist dann zwischen mir und Lisa alles anders. Alles vorbei. Oh Gott. Hier detoniert die Bombe des schlechten Gewissens. Von Magenkrämpfen geschüttelt verlasse ich das Haus, um Bettina, meine … ahhhhh … Ex zu treffen, um – ahhhhhh – eine Sexkolumne mit ihr zu schreiben …

Unterwegs überlege ich mir ungefähr 30 Varianten, wie ich mit Lisa Schluss machen könnte.

– Liebe Lisa. Es ist aus.
  Ein wenig dürftig.
– Lisa, es gibt etwas, über das wir reden müssen. So kann das nicht weitergehen.

Nicht stark genug. Vermittelt außerdem den Eindruck, dass ich an unserer Beziehung nur etwas ändern will.

– Lisa, wie gefällt dir der Typ am Nebentisch? Hast du nicht auch manchmal das Bedürfnis mit anderen ins Bett zu gehen?

Anmaßend. Außerdem habe ich mir fest vorgenommen, am Ende als der Gute dazustehen. Ich will, dass Lisa mich dafür liebt, dass ich mit ihr Schluss gemacht habe. Nichts wäre schlimmer, als dass sie mich hasst.

– Lisa, ich bin krank. Und zwar unheilbar. Ich will dein Leben nicht zerstören. Es ist besser, wir trennen uns.

Das wäre kein Grund. Lisa würde sich bestärkt fühlen und ich wäre für den Rest meines Lebens ans Bett gefesselt, obwohl ich kerngesund bin.

Lisa. Ich habe mit einer anderen geschlafen. Und ich liebe diese Frau.

Problem. Auf die Gegenfrage:

– Wer ist sie?

hätte ich keine glaubwürdige Antwort parat. Natürlich: Ich könnte jemanden erfinden. Doch wenn man bedenkt, dass Lisa mich schon bei kleinen Notlügen bezüglich Geschirrabwaschen und Alkoholkonsum ertappt, ein äußerst riskantes Unterfangen. Außerdem könnte sie das ganze in die falsche Kehle bekommen. Und wie gesagt: Ich will nicht, dass sie böse ist auf mich.

– Lisa, ich habe dich nicht verdient.
– Lisa, warum können wir nicht nur Freunde sein?
– Lisa? Siehst du das? Ja, es ist eine 38er. Ich muß dich jetzt erschießen. Nein, ich kann dir leider nicht sagen, warum.
– Warum?
– Warum was?
– Warum kannst du mir nicht sagen, warum?

Was uns wieder zu einer der oben angeführten Varianten führt.

– Alles in Ordnung?
Bettina sitzt vor einem Café Latte und einem Mozarella-Tomaten-Omelette.

Ich werde von allen Seiten belagert. Ich bin Troja! Und Bettina ist nur eines meiner Trojanischen Pferde.

– Warum können Männer nicht mehrere Frauen haben?
– Konvertiere zum Islam.
– Warum sind es immer die Männer, die diesen Anspruch stellen?
– Sind sie ja nicht.
– Nicht?
– Bei den Eskimos ist es umgekehrt. Dort haben die Frauen mehrere Männer.

Ein schrecklicher Gedanke. Als Mann. Was ist, wenn Lisa genauso denkt wie ich? Was, wenn meine ewige Eifersucht begründet wäre? Meine Wahnbilder aus dem fernen Tokio. Ich kann es nicht wissen. Werde es nie erfahren. Mir fehlt dieser sechsten Sinn. Ich bin ein Mann. Ein umzingelter Mann, verdammt noch mal. Das nenne ich eine Detonation. Lisa hat ein Hiroshima entzündet. Bettina sitzt ahnungslos davor. Will einfach nur eine Sexkolumne schreiben. Einfach nur eine Sexkolumne schreiben?! Ja, sicher.

Das Thema lautet: Sex mit dem Ex.

Was sonst?

Ich hole zum Gegenschlag aus.
– Sag mal, war es Zufall?
– Wie bitte?
– Na, das mit der Kolumne. Hast du gewusst, wer dich erwartet?
– Ich habe gewusst, wer mich erwartet.

– Und du bist trotzdem gekommen?
– Warum nicht?
– Nun, es ist doch ein eigenartiges Gefühl, mit seinem Exfreund eine Sexkolumne zu schreiben, findest du nicht?
– Nein.

Verstehe.

Sex mit dem Ex. Warum ausgerechnet dieses Thema? Da müssen doch irgendwelche Hintergedanken im Spiel sein.

– Ich habe schon eine Kolumne zu diesem Thema geschrieben. Nr. 19.
– Ich weiß.
– Und?
– Ich dachte, es wäre ein geeignetes Thema in Anbetracht der Umstände.

In Anbetracht der Umstände? Welcher Umstände?

– Ich hatte noch nie Sex mit einer Ex.
– Ich auch nicht.

Bettina lächelt kokett. Nein, es war kein Zufall, dass wir uns wieder getroffen hatten. Im Gegenteil. Alles war von langer Hand geplant.

– Weiß die Chefin, dass wir zusammen waren?
– Ja.
– War das der Grund, dass du die Kolumne bekommen hast?
– Ja.

Diese trockenen Antworten treiben mich zum Wahnsinn. Dieses Lächeln. Irgendetwas hat den Sonnenschein in ihr Gesicht zurückgezaubert. Und ich befürchte, es hat etwas mit neulich Abend zu tun.

– Verstehe.

– Was?
– Nun, es war kein Zufall und Sex mit dem Ex. Ich verstehe.
– Gut.
Und wieder dieses Lächeln.
– Warum?
– Warum was?
– Warum das alles?
– Neugier?
– Neugier. Verstehe.
Also auch noch das gleiche Motiv. Ihre Ehrlichkeit provoziert mich. Ich kann soviel Ehrlichkeit nicht ertragen. Nicht heute. Nein. Auch nicht gestern. Und morgen schon gar nicht.

– Also: Sex mit dem Ex. Was hast du dir ausgedacht?
– Folgende Situation: 2 Exen treffen nach Jahren aufeinander. Ist es a) möglich, dass sie sich ein zweites Mal ineinander verlieben und b) wie ist es, wenn sie miteinander schlafen?
– Ich weiß nicht. Hab's noch nie probiert.
– Eben. Ich auch nicht. Ein interessantes Experiment, findest du nicht?

Ja. Aber nicht jetzt. In ein paar Stunden geht mein Flieger. Sorry. Falscher Zeitpunkt. Falscher Ort. Falsches Leben.
– Weiß nicht. Sollten wir nicht vorher darüber schreiben? Bettina lacht.
– O. k. Wer war von all deinen Exen die Beste im Bett?

Fangfrage. Und zwar aus 2 Gründen. Erstens handelt es sich hierbei um eine typische Männerfrage, die dazu gedacht ist, von Frauen beantwortet zu werden. Die richtige Antwort lautet immer:
– Natürlich du. Und zwar mit Abstand. Kein Vergleich.

Zweitens erinnert mich das an „Die Legende von Paris".

Es war die Hochzeit von Thetis und Peleus. Eine Riesenparty im Götterhimmel des Olymp. Zeus, Prometheus, Aphrodite und alle anderen Celebrities der Götterwelt waren zugegen und ließen so richtig die Sau raus. Nur Eris, die Göttin der Zwietracht war aus verständlichen Gründen nicht eingeladen.

Eris war natürlich ziemlich sauer. Als Party Crasher bekannt, tauchte sie trotzdem auf. Und warf den goldenen Apfel der Zwietracht mitten vor die verdutzten Gesichter. Zeus soll ihn derjenigen geben, von der er glaubt, dass sie die Schönste ist.

Bei Zeus, einem alten Frauenhelden, läuteten natürlich alle Alarmglocken. Denn sowohl seine Gattin Hera als auch Aphrodite, das Supermodel unter den Göttinnen und Athene, die ständig davon sprach, dass wahre Schönheit von innen käme, warfen ihm erwartungsvolle Blicke zu. Es roch nach Ärger im Olymp. Aber Zeus, ein kluger Mann, sagte, dass er gar nicht so viele Äpfel haben könnte, wie die Anwesenden verdienen würden. Jemand anders müsse das Urteil fällen. Paris, ein Sterblicher, der noch dazu Schäfer war. Das ist, als ob die Bild-Zeitung zur Wahl der erotischsten Frau Deutschlands aufruft.

Paris war natürlich etwas perplex, als plötzlich Naomi Campbell, Cindy Crawford und Kate Moss bei ihm aufkreuzten und fragten, wer denn die Schönste von ihnen sei. Sie umschwärmten ihn und versprachen ihm die absurdesten Dinge. Aphrodite stellte sich aber nicht nur als schön, sondern auch als besonders gerissen heraus. Sie versprach ihm Sex. Mit Helena. Sie wusste, dass Paris schon länger ein Auge auf sie geworfen hatte. Natürlich entschied sich Paris, wie jeder Bild-Zeitungsleser fürs Ficken. Und zog sich damit den Zorn der

anderen Models zu. Sie verfluchten ihn. Und wegen Paris ging schließlich Troja unter. Aber das ist eine andere Geschichte.
– Ich weiß nicht. Sie waren alle auf ihre Art einzigartig.

Bettina neigt fragend den Kopf. Natürlich ist das nicht die Antwort, die sie hören wollte. Und die anderen Göttinnen sind schließlich nicht zugegen. Also, was soll das? Doch die Antwort: „Du natürlich" wäre eine direkte Aufforderung zum Geschlechtsverkehr gewesen. Was in der augenblicklichen Situation die Dinge sicher nicht vereinfacht hätte.
– Suche dir eine als „Modell" für diese Kolumne aus.
– Wer könnte das wohl sein?
– Nimm der Einfachheit halber mich. Ich kann dir Rede und Antwort stehen.
Hätten wir das auch geklärt.
– Was hat dir an mir gefallen?
– Alles.
– Komm schon. Sei ehrlich.
– O. k. Du warst sehr spontan im Bett und immer für eine Überraschung gut. Männer mögen das. Wenn sie nicht selbst denken müssen.
– Wie zum Beispiel?
– Ich erinnere mich an den Abend, als ich dir meine Eltern vorstellte und du mir unter dem Tisch … ähhh.
– … einen runtergeholt hast.
– Genau.
– Verstehe. Das hat dir gefallen?
– Das hätte wohl vielen gefallen.
Bettina krempelt sich die Ärmel ihrer Bluse hoch.
– Wenn ich das jetzt noch mal täte, würdest du an damals denken…
– Nein, ähhhh, ich glaube, es wäre durchaus gegenwärtig.

Bettinas Hand kommt bedrohlich näher.
– Also hätte Sex mit dem Ex durchaus Reiz für dich.
– Ich glaube, Sex hat immer einen Reiz. Aber wenn man schon Sex hatte, ist dies doch die einzige Chance auf Freundschaft zwischen Mann und Frau.
Mein Blick sagt: Bleiben wir bei der Theorie, Bettina. Bitte. Jetzt, wo wir uns so gut verstehen.

Die Hand von Bettina endet bei ihrer Zigarettenschachtel.
– Ein guter Punkt. Aber, was ist mit Freundschaft und Sex?
– So definiert sich die perfekte Beziehung. Unmöglich.

Bettinas Finger tippen lauernd auf der Zigarettenpackung. Ich bin mir nicht sicher, ob das alles Einbildung ist oder nicht. Bettina lässt sich nichts anmerken. Vielleicht handelt es sich um einen Wunschtraum. Vielleicht knallt mein Schwanz jetzt endgültig durch. Ich muss sofort auf die Toilette, um zu onanieren.

5 Minuten später. Ich komme zurück. Bettina hat ihren Teil bereits geschrieben. Ihre Theorie: Sex mit dem Ex ist reizvoll, weil man sich schon kennt. Außerdem ist man sicher an keiner Beziehung mehr interessiert. Sonst hätte man ja nicht Schluss gemacht. Man reduziert sich auf das Wesentliche. Schon wieder ein Angebot? Fuck. Ich weiß es nicht. Vielleicht bin ich einfach noch nicht soweit, mit meiner Exfreundin eine Sexkolumne zu schreiben. Sicher ist, dass ich definitiv noch nicht so weit bin, mit meiner Exfreundin unverbindlichen Sex zu haben.
– Bettina, lass uns doch Freunde bleiben.
Verdutzt sieht sie mich an. Vielleicht hätte ich gestern nicht soviel trinken sollen.
– Daniel. Lass uns doch Freunde werden.

– Freunde?
– Freunde.
– Freunde bumsen nicht miteinander, oder?
Bettina lacht. Ich glaube, sie hat begriffen.
– Nein. Freunde bumsen nicht.
– Gut.

Ich schnappe mir den Laptop, tippe exakt die gleiche Kolumne runter wie vor einem Jahr. Sex ist nicht nur die einzige Möglichkeit, um Beziehungen zu beginnen. Nein, sie ist auch die einzige Möglichkeit, dass Männer und Frauen Freunde werden. Die einzige Chance, wenn der Sex nicht mehr zwischen ihnen steht. Weil er einfach nicht mehr interessant genug ist … Als ich tippe – ich habe es verdammt eilig – streckt mir Bettina ihren Hals entgegen. Neugierig stiert sie auf das Geschriebene. Bettina kommt immer näher. Sie trägt dasselbe Parfum wie damals. Ein Geruch, in dem ich mich vergrub vor Geilheit. Dieser Duft ist für immer mit irrationalen Tierlauten synchronisiert gespeichert. Die alte Geilheit auf Bettina. Alles abrufbar. Sofort. Ich bin mir immer noch nicht sicher, ob hinter all dem Absicht steckt. Tania, Bettina, Nina. 8 Beziehungen, 36 Seitensprünge (sorry 37) und 14 amtliche Berufsbezeichnungen in 10 Jahren.

Beirut

Der Taxifahrer stammt aus Beirut und versucht mir offensichtlich glaubhaft zu machen, dass er im letzten Leben Meisterdetektiv war.

– Zur Ankunftshalle?
– Wie bitte?
– Sie holen wohl jemanden ab.
– Wie kommen Sie denn darauf?
– Nun, weil Sie kein Gepäck bei sich haben.

In meiner Eile habe ich wohl darauf vergessen. Einerseits verunsichert es mich, keine Zahnbürste, keine frischen Klamotten, ja keinerlei persönliche Gegenstände bei mir zu haben. Andererseits erfüllt es mich mit einem großspurigen Gefühl der Freiheit.

Das Taxameter zeigt 2 Euro, als wir vom Café in Richtung Flughafen aufbrechen. Aus dem Radio grölen die Stones: Satisfaction. Ich denke mir, Wien ist wie eines dieser alten Lieder. Tausend Mal gehört. Total verinnerlicht. Wien: Das Lied, das jeder schon von vornherein mitgrölen kann. Wie eine Band, die seit 20 Jahren die gleichen Nummern spielt. Wenn man einen Wiener fragt, was es Neues gibt, lautet die Antwort stets: Nicht viel.

Wien ist das Resonanzloch eines Landes, das aussieht wie eine Gitarre für Linkshänder.

– Wissen Sie, was mir an Wien so gefällt?
– Nein.
– Diese Stadt ist so gemütlich und entspannt.

Der Taxifahrer aus Beirut lächelt mir durch den Rückspiegel entgegen.

– Sie verwechseln wohl gemütlich mit ignorant. Und entspannt mit gleichgültig.

– Warum sind Sie so negativ?

Antwort: Weil ich ein Wiener bin. Sorry. Sein muss. Ich wünschte, ich wäre Berlin oder London oder Amsterdam. Aber ich bin nun mal Wien. Und ich hasse mich dafür.

Wien ist die Frau, neben der ich täglich aufwache. Die ich insgeheim schon tausend Mal verließ. Wien ist wie eine Frau, die sich ohne Zutun erobern ließ. Der Trostpreis eines armseligen Tanzmarathons. Wien ist wie ein 0:0. Wie ein zu langes Gitarrensolo. Wie ein japanischer Gebrauchtwagen. Wie koffeinfreier Kaffee. Wie ein Waschmittelspot. Wie ein Schioverall. Wien, das ist wie Handball, Benzinfeuerzeuge und Queen ohne Freddie Mercury. Wie weiße Socken und dünne Vogue-Zigaretten. Wien ist wie eine deutsche Coverversion von „Satisfaction". Von Wien gibt es keine Fototapeten.

Wenn John F. Kennedy ein Berliner war, dann kann man folgende Personen als Wiener bezeichnen: Jeff Bush, Nicole Smith, Franz Beckenbauer, Thomas Anders, Brian May, Pierce Brosnan, Garfield, Robert Zemeckis, Boris Jelzin, die gesamte Schweizer Garde, Linda Evans, William Shattner, Cliff Barnes, Pete Best, Andrew Wrigley, Alf, Margarethe Schreinemakers, alle Menschen, die Toyota fahren, Brad Gilbert, Elmar Wepper, Clementine, der Melittamann, Jürgen Drews – der König von Mallorca, Roberto Blanco, Siegfried&Roy, Barry Manilow, Werner Schulze-Erl, Bärbel Schäfer, Wolfgang Lippert, Hera Lind, Alex Jolig, Christoph Daum, Jon Bon Jovi, Chuck Norris, Lyle Lovett, Toto, Supertramp, Scorpions, Tommy Hilfiger, Bros, Andrew Lloyd Webber, Ralf Siegel,

Milly Vanilli, David Hasselhoff, David Copperfield, R. Kelly, Ted Kennedy, die Ehemänner von Liz Taylor, Hulk Hogan, Jerry Lewis, Heinz Harald Frenzen, Tommy Haas, Tommy Orner, Lorenzo Lamas, die Waltons – außer der Großvater, Pierre Briece, Robin Gibb, Damon Hill, Uwe Kröger, Kurt Felix, Dieter Thomas Heck, Richard Nixon und seine Frau.

– Wissen Sie. Eigentlich bin ich ja Kernphysiker. Aber in Österreich habe ich keinen Job gefunden. Deshalb fahre ich Taxi.

Der Taxifahrer aus Beirut lächelt wieder durch den Rückspiegel.

– Taxifahren oder Atomkerne spalten. Ist ja quasi dasselbe.
– Auf eine gewisse Art schon.
– Auf eine gewisse Art schon?
– Ja. Jeder Mensch ist wie ein kleines Atom, wenn man die Stadt als Element betrachtet.

Gut. Man kann sich wohl jeden Umstand so zurechtdenken, wie man ihn gerade braucht. Aber ein Kernphysiker, der ins kernkraftfreie Österreich einwandert, hat wohl ein anderes Problem. Maria Heidegger! Die Klassenschönheit. Ihr Vater war auch Kernphysiker. Und zwar in Zwentendorf. Österreich ist zwar kernkraftfrei – aber trotzdem im Besitz eines voll einsatzfähigen Atomkraftwerks. Für den Fall der Fälle. Es ist nicht weiter verwunderlich, dass Herbert Heidegger schwerer Alkoholiker wurde in Anbetracht der Sinnlosigkeit seiner Arbeitsstelle. Ich weiß nicht, was aus ihm wurde. Vielleicht sollte man Zwentendorf zum österreichischen Nationaldenkmal erklären. Und Herbert Heidegger als Schutzpatron verehren. Wer weiß: Vielleicht fährt Heidegger inzwischen Taxi und versucht seit Jahren einen Störfall zu initiieren. Wirre Gedanken rauschen durch meinen Kopf.

Es handelt sich um eine Art Musikrevuetraum. Die Menschen sitzen in Blasen. Sie schweben durch die Gegend, stoßen aneinander – ohne zu zerplatzen. Sie versuchen sich durch die liquide Glaswand zu berühren. Man kann sie nicht hören. Ihre Gesichter sehen einsam aus.

Erst bei genauerer Betrachtung erkenne ich, dass sich diese Bläschen im Takt bewegen. Und zwar zu einer Art Big Band-Interpretation von *Satisfaction*. Natürlich auf deutsch. Ich merke, dass die Menschen in ihren Bläschen tanzen und mitgrölen. Ich sehe Paul, Britta, Lisa, Bettina – auch Thomas ist da, der mich nur gleichgültig ansieht. Als plötzlich ein Telefon zu läuten beginnt. Nein. Es ist die Sirene. Ein Störfall. Panik in den Blasen. Tausende kämpfen gegen den Erstickungstod. Sie kratzen an den durchsichtigen Wänden. Ich kann ihre Schreie nicht hören. Aber ihre vorwurfsvollen Gesichter kann ich sehen. Störfall. Ich habe einen verdammten Störfall ausgelöst. Das Telefon. Geht denn keiner ran. Verdammt noch mal. Das Taxameter zeigt 30 Euro.

Ich habe dem Fahrer nicht erklärt, dass ich eigentlich zur Abflughalle will.

Es ist eigenartig, wie oft mir Thomas in letzter Zeit gedanklich über den Weg läuft. Es liegt etwas in der Luft. Ich bin mir nicht sicher, ob ich das sehen will, was mich erwartet. Falls mich überhaupt etwas erwartet. Dort, wo ich Nina vermute.

Es war auf der Party, zu der Nina mich und Paul eingeladen hatte. Jene Party, als Nina und ich das erste Mal den Lizard King besuchten. Es waren eine ganze Menge Leute da. Vor allem irgendwelche Amis von der International School.

Während Nina damit beschäftigt war, sich mit ein paar Mädels einzukiffen – eines der amerikanischen Diplomatenkinder hatte eine Wasserpfeife mitgebracht –, versuchte ich, möglichst unsichtbar zu bleiben. Ich wollte jedem Gespräch entgehen – aus Angst, ich könnte mich mit meiner Wiener Kleinbürgerherkunft blamieren. Nur für Nina mochte ich sichtbar sein. Doch die war damit beschäftigt, sich mit schlechtem Wiener Shit zuzukiffen. So schaffte ich es, die ersten 2 Stunden von niemandem bemerkt zu werden. Bis zu dem Zeitpunkt, als Thomas in mein Leben trat.

Er saß plötzlich neben mir. Minuten lang glotzte er genau wie ich auf Nina und sprach kein Wort. The Clash's – *London Calling.* Wir wippten, wir glotzten, wir warfen Paul wohlwollende Blicke zu.

– Sie ist großartig.
– Bei Clash spielen keine Frauen.
– Ich meine Nina.

Alles klar. Thomas suchte einen Glotzverbündeten. Einen, mit dem er seine Bewunderung für Nina teilen konnte. Reden als Ersatzbefriedigung. Was soll ich sagen. In mir hatte er den richtigen Typen gefunden. Ich nickte. Wir wippten, wir glotzten, wir warfen Thomas' wohlwollende Blicke zu.

The Smiths
The Cure
The The

– Sie hat die coolste Plattensammlung überhaupt.
– Woher kennst du sie?
– Ist mir einfach über den Weg gelaufen.
– Verstehe.
– Und du?
– Nun. Ähh, auch über den Weg gelaufen.

5 Minuten später. Ich war um eine Illusion ärmer und um einen Konkurrenten reicher. Thomas hatte Nina in einem Supermarkt getroffen. Sie war auf der Suche nach Couscous

gewesen. Da wir aber von einer Zeit sprechen, als es in Wien noch nicht mal Kabelfernsehen gab, die Maxisingle gerade en vogue und „Wetten, dass …“ der wichtigste Kulturbotschafter für Popmusik war – kann man sich das fragende Gesicht von Thomas vorstellen als Nina danach gefragt hatte.

– Couscous? Klingt irgendwie nach New Wave. Noch nie gehört.

Nina klärte ihn auf. Thomas war verliebt. Leider nicht in Couscous, sondern in Nina mit der coolsten Plattensammlung überhaupt.

Obwohl Thomas und ich aus Wien stammten – trennten uns Welten. Während ich aus ärmlichen Verhältnissen kam, war Thomas in den neureichen Lokalen am Rande der Stadt zuhause. Seine Eltern: Ärzte. Sein Taschengeld: das Gehalt meines Vaters. In der Villa am Stadtrand bewohnte er sein eigenes Geschoss. Er war es, der Nina den schlechten Shit besorgte. Er war es, der mit ihr jede Nacht in irgendwelchen Clubs abhing, um stundenlang über Musik zu diskutieren. Er war es, der jeden Türsteher kannte und überall gratis reinkommen konnte. Er war es auch, der in den angesagten Clubs auflegte und schon damals die London-Klamotten trug, die es erst 2 Jahre später in Wiens Geschäften gab. Und trotzdem war ich es, mit dem Nina diese Nacht verbrachte.

Doch die Tatsache, dass sich Nina überraschenderweise für mich entschied, hinderte Thomas nicht daran, weiter ihr Freund zu bleiben. Man kann sich vorstellen, dass mir dieser Umstand die ersten Wochen ziemlich gegen den Strich ging. Schließlich durfte Thomas so lange weggehen wie er wollte. So kam es, dass Nina mehr Zeit mit Thomas verbrachte als mit mir. Während ich um Mitternacht die strengen Regeln meiner

Eltern verfluchte, hingen Nina und Thomas in irgendwelchen Clubs ab und hatten ihren Spaß. In meinen Wahnvorstellungen spielten sich die wüstesten Dinge ab. Wilde Sexszenen auf der Tanzfläche. Klatschende, grölende Menschenmassen, die Nina und Thomas zu mehr animierten. Schlaflos wälzte ich mich zuhause im Bett und versuchte, mir am nächsten Tag nichts anmerken zu lassen.

Eines Abends verließ ich heimlich die Wohnung meiner Eltern, um die beiden in flagranti im Manchester Club zu erwischen. Dort, wo sich damals alle International Typen trafen, um sich mit Bier zuzuschütten und die neusten Baseballjacken spazieren zu tragen. Stattdessen fand ich sie gelangweilt an der Bar lehnend. Sie diskutierten gerade über The Smiths, The Cure, The The und schienen über meine plötzliche Anwesenheit unverdächtig erfreut zu sein.

Offensichtlich lief nichts zwischen Thomas und Nina. Außer einer freundschaftlichen Vertrautheit, die zwischen mir und Nina ein wenig fehlte. Bei uns drehte sich alles um Sex und Liebesschwüre. Von mir aus hätte es die nächsten 3000 Jahre so bleiben können – wäre da nicht Thomas gewesen, der offensichtlich eine Nische füllte, für die eigentlich ich mich zuständig fühlte. Zunehmend fasste ich Vertrauen zu Thomas. Obwohl ich die Möglichkeit einer Affäre mit Nina nie ganz ausgeschlossen hatte.

Außer im Bett war Thomas immer mit von der Partie.

In meinem Lebensfilm läuft jetzt folgende Flashbacksequenz ab. Wir hören *Perfect Day* von Lou Reed. Wir sehen Nina auf der Couch liegend. Ihr Kopf in meinem Schoß, die Füße auf den Schenkeln von Thomas. Schnitt. Thomas steckt den Kugelschreiber in die Bierdose. Nina kann nicht schnell genug trinken und verschüttet den halben Inhalt über ihr T-Shirt, auf dem steht: „Jesus loves you, but everyone else thinks you're an asshole." Alle lachen. Es folgt eine Slowmotionmontage aus dem tanzenden Trio, dem kochenden Trio und dem schlafenden Trio. Schnitt. Thomas präsentiert seinen blonden Aufriss von gestern Abend. Nina verdreht die Augen. Sie wird von uns nur: „der Zierfisch" genannt. Schnitt. Es ist mein Geburtstag. Thomas und Nina überraschen mich mit „Frühstück bei Tiffany". Sie haben dafür einen kleinen Kinosaal gemietet. Der Tisch ist liebevoll gedeckt. Wir brunchen. Wie immer: 3 lachende Gesichter in Zeitlupe. Im Hintergrund flimmert Katherine Hepburn, die mich ein wenig an Nina erinnert. Schnitt.

– Ohne Gepäck?

– Ja, ohne Gepäck.

Die Dame vom Bodenpersonal sieht mich an, als denke sie nach, woher sie mich kennt. Es könnte eine Freundin von Lisa sein. Shit! Was, wenn man mich im Flieger erkennt?

– Kann es sein, dass wir uns …?

– Ähhh, nein, ich glaube nicht – sicher nicht.

Die Flugbegleiterin sieht mir direkt in die Augen, während sie die Tickets wieder ins Kuvert steckt.

– London? One way. Wohnen wohl dort?

– Ja.

– Ich liebe London. Besonders um diese Jahreszeit.

– Sind Sie öfters dort?

– Früher. Bevor ich zum Bodenpersonal wechselte.

Ich sehe den Ehering an ihrem Finger. Sie lächelt freundlicher als es in den Geschäftsbedingungen steht. Dann gibt sie mir die Tickets.

– Guten Flug.

– Danke.

– Und viel Glück.
– Bei was?
– Nun, wenn Sie in London leben würden, dann wäre dies ein Rückticket und kein One way-Ticket.

Verlegen lächle ich zurück.

– Solange es kein No way-Ticket ist.

Sie übergeht die Qualität meines schlechten Scherzes und wendet sich genauso freundlich dem nächsten Fluggast zu. Ich drehe mich um und bewege mich in Richtung Gate B72.

Als Nina ging, änderte sich auch meine Freundschaft zu Thomas. Zwangsweise. Da sie ja eigentlich in Nina ihre Begründung fand. Nur Thomas schien von Ninas Entscheidung nicht so vor den Kopf gestoßen wie ich.

– Du musst sie verstehen. Sie gehört nicht hierher.
– Sie gehört zu mir.
– Auch das nicht. Und das weißt du.
– Das Schrecklichste ist der Gedanke, dass ich weiß, dass sie auf dem gleichen Planeten lebt wie ich, aber keine Chance besteht, sie zu finden.
– Sie lebt nicht auf dem gleichen Planeten wie du.

Thomas nahm Ninas Abschied erstaunlich gelassen. Ich habe mir gedacht, in ihm den idealen Abnehmer für meine selbstmitleidigen Monologe zu finden. Stattdessen verschwand er zunehmend aus meinem Leben. Wir sahen uns in immer größer werdenden Abständen, hatten immer weniger Gesprächsstoff und trafen uns eigentlich nur, um uns möglichst schnell zu betrinken. Jedes Mal, wenn ich mit Nina anfing, lenkte er ab. Das Verhalten von Thomas irritierte mich. Ich empfand seine Verweigerung als Hochverrat. Im Koffer von Nina befand sich auch ein großer Teil unserer Freundschaft.

Als Bettina mich mit Thomas betrog, schien es irgendwie egal geworden, ob es nun Thomas oder jemand anderer war. Nach der Sache mit Bettina habe ich von Thomas nichts mehr gehört. Oft habe ich mir gedacht, was wohl passieren würde, wenn wir uns plötzlich im Supermarkt über den Weg liefen.
– Hallo Thomas
– Hallo Daniel.
– Wie geht's?
– Eh.
– Und selbst?
– Auch.
– Etwas von Nina gehört?
– Nein. Du?
– Nein.
– Also. Mach's gut.
– Du auch.
– Wir heißen Sie herzlich willkommen auf dem Flug nach London, Heathrow. Meine Name ist Franz Murnberger und ich bin Ihr heutiger Kapitän.

Noch während die Flugbegleiter die Sicherheitsvorkehrungen erläutern, entlassen mich meine Augen in einen traumlosen Schlaf. Ich habe mich umgesehen. Freundinnen von Lisa waren keine dabei. Aber vielleicht sind ja Lisas Freundinnen auch schon alle zum Bodenpersonal gewechselt. War es eine gute Idee, one way zu buchen? Vielleicht will ich nicht sehen, was mich erwartet. Vielleicht ist Lisa überhaupt nicht schwanger. Vielleicht handelt es sich um eine andere Nina Beauclair. Vielleicht hätte ich mit Bettina schlafen sollen. Vielleicht hätte ich nicht mit Tania schlafen dürfen. Vielleicht stürzt der Flieger ab. Vielleicht hat all das Vielleicht bald ein Ende.

2 Stunden später erreichen wir London. Ortszeit: 19.30 Uhr. Temperatur: 15 Grad Celsius. Es wird Regen geben.

London

Noch am Flughafen schalte ich mein Handy aus.

Ich fühle mich alles andere als angekommen. Es ist nicht die richtige Uhrzeit, um jetzt bei Nina aufzukreuzen. Vor allem, wenn sie nicht alleine lebt.

Ich beschließe ein Taxi in die Stadt zu nehmen. Ich sage dem Fahrer, er soll mich irgendwo in Soho rauswerfen. Ich brauche einen Drink, um meine Gedanken zu ordnen. Neben meinem Gepäck habe ich nämlich eines vergessen. Einen Plan für den Zeitpunkt, wenn ich Nina gegenüberstehe.

Während der Fahrt kramt meine rechte Hand nach dem zerknitterten Fetzen Papier, auf dem die Adresse steht. South Kensington. Eigentlich hätte ich den Netdetective nicht gebraucht, um zu wissen, dass Nina in der teuersten Gegend Londons wohnt.

Der Fahrer setzt mich direkt vor dem Café Boheme in Soho ab. Eines der wenigen Lokale, die länger als bis 23 Uhr geöffnet haben. Einen Clubaufenthalt mit 30 Euro Eintritt will ich mir beim besten Willen nicht leisten. Die Londoner Clubs sind ohnehin maßlos überschätzt. Ich dränge mich durch das Café Boheme – es ist Donnerstag Abend, dementsprechend viel ist auf den Straßen Sohos los – ich bestelle ein Pint und einen Cappuccino – und beobachte die Nachtschwärmer, die angetrunken durch das Café wanken. Pressure drinking. Aufgrund der Öffnungszeiten der Pubs versucht ganz London, bereits um 8 Uhr Abend so betrunken zu sein, dass man die Sperrstunde nicht mehr mitbekommt. Dazwischen ich. Mit meinem ersten Bier, einem Cappuccino, aber ohne Plan.

Was werde ich sagen, wenn ich Nina gegenüberstehe?

– Hi. Ich war gerade in der Gegend und da habe ich deinen Namen zufällig an der Eingangstür gelesen.
– Schön dich zu sehen. Ich habe schon auf dich gewartet. Setz dich doch.
– Mmmh. Ist das alles für mich? Du hast ja meine Lieblingsspeise gekocht. Was? Sex? Jetzt? Lass uns doch vorher essen.
– Nein. Ich habe 12 Jahre lang mit niemandem geschlafen.
– Ich musste immer nur an dich denken. Das Essen hat doch Zeit.

Und dann schliefen sie miteinander – 2 Jahre lang. Aßen nur noch Lieblingsspeisen und waren auch sonst nur froh.

Selig lächle ich vor mich hin. Plötzlich eine betrunkene Frage von links. Kurzer Seitenblick. 2 rothaarige Muskelpakete warten auf eine Antwort.
– Chelsea?

Relativ schnell wird mir klar, dass „Bayern München" die falsche Antwort ist.
– Ähhh. Yes. Of course.

Eine Lüge. Eine Notlüge. Harter Schlag gegen die Schulter.
– Good Man. From where are you?
– Austria.
– Great. Adolf Hitler.

Der Mann nimmt eine aufrechte Stellung ein und will mit mir anstoßen. Er trägt ein Chelsea-Fußballtrikot und sein Partner ein T-Shirt, auf dem steht: „Britney sucks, Christina swallows". Keine Ahnung, wie ich aus diesem Gespräch wieder rausfinde.
– Ähh. Yeah. And Mozart. You know Mozart?
– What ya think? Do I look like a fucking idiot?
– No. Of course not. You like something to drink?

Die richtige Frage zum richtigen Zeitpunkt. Enthusiastisch nicken die beiden Rotschädel ein. Ja, drohen damit, ein Lied anzustimmen – wäre da nicht der grimmige Blick des Doormans gewesen.

Nach der ersten Runde entpuppen sich die beiden Hooligans als relativ harmlose Zeitgenossen. Michael, der Mann mit dem Hitlerproblem, ist Automechaniker und Alan, sein Begleiter, jobbt als Stagehand bei diversen Bands. Er brüstet sich damit, schon mehrmals mit U2 und den Stones auf Tour gewesen zu sein. Und natürlich sind diese Stars allesamt nette, entspannte Menschen, die nichts Besseres zu tun haben, als ständig mit ihren Roadies auf ein Bier zu gehen.

Wie sich herausstellt, warten die beiden auf eine Runde Mädels, die schon seit einer Stunde hier sein sollten. Michael und Alan haben sie im Zoo, unten beim Leicester Square, aufgegabelt.

– Fucking sluts.

5 Minuten später wankt eine Gruppe illuminierter, deutscher Touristinnen durch die Tür. Nora, ein blondes Geschöpf aus Berlin, quatscht mich sofort zu.

– Is ja toll, London. Bin jetzt seit 2 Tagen hier und ich kann mir schon total vorstellen, hier zu leben. Also, Berlin ist ja ganz nett. Aber eben nicht London. Das ist eine Stadt, wo einfach alles stimmt. Du bist aus Wien?
– Ähh. Ja.
– Und? Wie ist Wien? Ist ja auch eine tolle Stadt. So entspannt, nich?
– Ähhh, ja …
– War noch nie in Wien. Soll aber ne total abgefahrene Stadt sein. Super Dj's und so.
– Ähhh, ja.

– Und natürlich die Architektur. Toll, nicht wie Berlin, ne einzige Baustelle. Total unentspannt, Berlin.
– Ähhh, ja?

Ich versuche mir ihr Gesicht vorzustellen. Es sind nur noch Konturen übriggeblieben. Wie gesagt. Ich besitze kein Foto von Nina. Mit den Jahren hat sich ihr Gesicht in eine Projektionsfläche verwandelt, die als Leinwand für Millionen von Vorstellungen diente. Ich bin mir nicht sicher, ob ich sie wiedererkennen würde.

Gerold! Ist nach der Schule auf irgendeinem buddhistischen Trip hängengeblieben. Zuerst ein bisschen zuviel Dope beim Kommunistischen Revolutionsbräuhof, dann die direkte Erleuchtung Buddhas. Das nenne ich eine geistige Karriere. Auf jeden Fall verschwand Gerold nach Indien. 5 Jahre später stehe ich bei einer Straßenbahnstation, als mich plötzlich eines dieser bärtigen Jim Morrison Imitate, die „Rettet die Wale“ Flyer verteilen, von hinten anspricht.
– Daniel?
Ich drehe mich um.
– Kennen wir uns?
– Ja, ich bin's. Khandro.
– Dame, die über den Himmel geht?
– Ja, Gerold, du erinnerst dich.
– Oh Gott, Gerold. Du siehst ja ganz nach Erleuchtung aus.

Vielleicht hat Nina ja auch Erleuchtung erlangt. Nicht, dass sie einen ungepflegten Vollbart trüge. Aber man stelle sich einmal die besten Freunde von Madonna vor, die jede Woche mit einem vollkommen neuen Menschen konfrontiert werden.
– Hat irgendjemand Madonna gesehen?

– Nein, keine Ahnung. Aber kennt einer von euch die kleine Schwarzhaarige dort hinten?

Ein Albtraum. Madonna. Eigentlich ein Gräuel, diese Künstlernamen. Ich würde mir ganz schön blöd vorkommen, Madonna durch den Raum zu brüllen. Oder Prince. Oder Bono. Oder gar ...

– Hey, artist formerly known as Prince.

Egal. Nina heißt ja hoffentlich noch Nina.

– Und wenn sie verheiratet ist?

– Dann wäre wenigstens alles klar. Und das Kapitel Nina endlich abgeschlossen.

12 Drinks später. Nora, die Berliner Dame mit Beinen bis zum Gesicht, schlägt vor, im Hotelzimmer weiter zu feiern. Auch das Café Boheme sperrt irgendwann zu.

– No sleep till Stamford

grölt Alan, dessen Gesicht aussieht wie ein Nirvana-Song.

Enthusiastisch stimmen die beiden Hooligans die Desperationale an. Sie spüren die Chance, die 6 betrunkenen Touristinnen abzuschleppen. Schließlich ist es 2 Uhr. Und ich habe mich noch immer nicht um ein Hotel gekümmert. Nora hat gewiss Verständnis dafür.

Ums Eck vom Boheme befindet sich ein Taxistand. Keiner von den Black Cabs. Eine dieser unlizenzierten Pauschalkisten, die nach Kotze und kaltem Rauch stinken. Egal. Die indische Folklore dringt aus den schlechten Lautsprechern direkt in meine Bauspeicheldrüse. Ich bitte den Fahrer, der aussieht wie sein Third Hand-Toyota, in einer kleinen Seitengasse zur Kensington High stehenzubleiben.

– Please wait. I'll be back in a moment.

30 Meter entfernt liegt das Haus, in dem Nina wohnt. An der Eingangstür sind 4 Parteien angegeben. Man hofft ja insgeheim, in solchen Fällen zufällig die Adresse eines Popstars ausfindig zu machen. Gallagher, Stipe, Vox und wer sagt's denn:
– Beauclair.
Der Netdetective hat mich nicht belogen.
– Sicher
sagt Thomas noch mal. Und ich versuche aufgrund der Türnummer das Fenster von Nina ausfindig zu machen. Hilflos wie eine Boygroup ohne Playback wandern meine Augen über die Häuserfront. Rechts oben. Das muss es sein.
– Und was macht sie?
– Ich weiß nicht. Kann nichts sehen.
– Wahrscheinlich sieht sie noch fern.
– Nein. Nina sieht doch nicht fern. Sie hört alte Doorsplatten oder schreibt an ihrem Roman.
– Vielleicht bumst sie gerade mit ihrem Freund.
– Der ist doch hässlich und da würde sie niemals das Licht brennen lassen.
– Stimmt natürlich. Was ist, wenn sie alte Fotos von dir ansieht und sentimental an alte Zeiten denkt?
– Gefällt mir schon besser.
– Was hat sie an?
– Sie trägt ihren roten Seidenpyjama von damals.
– Der ist doch längst von Motten zerfressen.
– Sie hat ihn nie weggeworfen. So, wie sie mich nie weggeworfen hat.
– Schön.
– Ja, schön.

Als das Licht ausgeht ist von der Fototapete in dieser kleinen Seitengasse der Kensington Highstreet nichts mehr zu sehen.

– Gute Nacht, Nina.
– Gute Nacht Mary Lou.
– Gute Nacht Jim Bob.
– Gute Nacht, ihr Tiere des Waldes.

Nora hat eine warme Wodkaflasche geöffnet, die sie vor ein paar Tagen in Dublin gekauft hat.
– Als nächstes geht's nach Amsterdam und dann schon wieder nachhause.
In keiner Stadt sind die Mädels länger als 3 Tage geblieben.
– Erinnerst du dich an den Typen, der in Barcelona von dem marokkanischen Dealer ein Stück Schokolade gekauft hat und dann von der Polizei verhaftet wurde?
– Ziemlich peinlich. Sieht man doch gleich, dass das kein Hasch sein kann.
– Da haben wir alle auf diesem Hoteldach geschlafen.
– Ja, der Schlüssel wird unter den Trampern immer weitergegeben.
– Das passiert dir in Berlin nie.
– Nein nie!
– Wahrscheinlich weil ihr in Berlin eine Wohnung habt
wende ich ein.
– Sehr witzig, Mann.

Nora hat keinen Bock, sich aus dieser euphorischen Stimmung reißen zu lassen. Alles neu. Alles anders. Ja, sogar CDs Einkaufen ist viel aufregender als zuhause. Dort, wo man alles kennt und man sich mit so profanen Dingen wie Wohnung, Beziehung und Job auseinandersetzen muss.
– Kann euch leider keine Musik anbieten.
Nora kramt in ihrem Tramperrucksack. Sie holt eine Handvoll CDs raus und wirft sie auf das Bett.

– Seit einem Monat schleppe ich die jetzt mit mir rum. Sind alle noch ungeöffnet. Ich bin schon ganz geil drauf, dass ich sie mir endlich anhören kann.

Heimat ist dort, wo man sich seine CDs anhören kann. Mal sehen. Alanis Morrisette. Café Del Mar Vol 7. Das zweite Album von Gomez. Pulp: *This is hardcore.* Smashing Pumpkins. Und natürlich eine Ibiza Club Compilation. Ungeöffnete Erinnerungen liegen vor mir.

The End von den Doors.

Für mich die beste Nummer, die je geschrieben wurde. Gehört am 23. März 1989 während einer Nummer, die sicherlich nicht zu den besten zählt, die je gebumst wurden. Ein Geschlechtsakt, der nicht weiter erwähnenswert wäre, handelte es sich nicht um mein erstes Mal. An jenem Abend, auf jener Party, mit jener Frau. Sie wissen schon. Schade nur, dass die Nummer mit Nina nicht solange dauerte wie die Nummer, die wir hörten. Nach 4 Minuten war „The End" angesagt. Das ist knapp nach dem Intro. Und ich wusste nicht, ob ich jetzt erleichtert sein sollte, dass es endlich passiert war, oder ob ich mich vor Scham verkriechen mochte, weil ich so früh gekommen war.

Frage:

– Bist du gekommen?

Antwort:

– Ja, es war großartig.

Der Beginn einer Lüge, um die sich die nächsten 8 Jahre drehten. Und wenn ich es mir überlege, bin ich mir eigentlich nur in 3 Fällen sicher, dass Nina gekommen ist. Ich glaube, dass ich sie einfach zu oft gefragt habe, als dass sie mir eine ehrliche Antwort gegeben hätte. Man stelle sich vor, sie hätte mit „Nein" geantwortet.

– Warum nicht?
– Was habe ich falsch gemacht?
– Bin ich nicht gut genug?
– Ist mein Penis zu klein?
– Mit wem würdest du lieber schlafen als mit mir?
– Liebst du mich nicht?

Nein. Dann lieber:

– Ja, es war großartig.

Nicht, dass diese Fragen nicht trotzdem durch mein Gehirn rasten. Diese kleine Lüge hinderte mich nur daran, diese Fragen auch zu stellen. Wenn ich Nina finde, darf ich nicht vergessen, diese Antworten einzufordern.

– Warum bist du hier?
– Nun, ich habe da noch ein paar Fragen, die du mir damals nicht beantwortet hast.
– Bitte.
– Ist mein Penis zu klein?
– Nein. Er ist großartig. Niemand hatte einen größeren als du. Und ich habe jedem Liebhaber nach dir gesagt: Tut mir leid. Aber der von Daniel ist wirklich der größte. Nur, dass du das weißt. Ist aber nicht so wichtig. Deine Technik ist nicht schlecht. Natürlich nichts gegen die Technik von Daniel. Aber der ist auch ein Genie auf diesem Gebiet. Du solltest ihn mal anrufen. Ich wünschte, du könntest wie Daniel. 4 Minuten! Daniel, weißt du eigentlich, dass du der Grund dafür bist, dass die durchschnittliche Länge von Singles 4 Minuten beträgt. Ja, es war großartig.
– Danke.

Ich öffne die Augen und höre: „Private Dancer" von Tina Turner. Lisa! Und ich hasse sie dafür. Für mich bedeutet es „Kindergebrüll" und „Familienautos".

Die Hooligans werden zudringlich. 4 der Mädels haben sich bereits in ihre Zimmer verabschiedet: 3:2. Einer bleibt übrig. Während Nora und ihre Gefährtin Ariane bereits darüber nachdenken, wie sie uns loswerden, sind die beiden Trikotträger davon besessen, dieses Waterloo doch noch für sich zu entscheiden. Es gibt nur einen Ausweg. Ich stelle mich schlafend. In meinen Ohren summt es: „I want somebody to care for the rest of my life …" Im Halbschlaf höre ich, wie Nora die beiden Engländer auffordert zu gehen. Noch 5 Minuten Diskussion. Der letzte desperate Versuch. Das Licht geht aus. Nora legt sich neben mich. Wir teilen eine Decke und schlafen ein. Das Licht ist aus. Ich kehre zurück in die kleine Seitengasse an der Kensington High. Es ist dunkel in Ninas Wohnung. Ich warte darauf, dass es wieder hell wird.

Stockholm

Kolumne Nr. 17: Hilfe, ich ersticke!

Mein Atem ist schwer, als ich neben Nora erwache. Aus dem heimeligen Kuscheln ist ein bedrohliches Umklammern geworden. Unmöglich sich zu lösen, ohne sie zu wecken. Wie gerne würde ich mich jetzt einfach nur davonschleichen. Danke für den anonymen Moment, in dem wir uns zuhause fühlten. Und dann: Nichts wie weg.

Langsam versuche ich ihre Hand zu lösen. Irgendwie hat es Nora geschafft, damit meinen gesamten Oberkörper zu umgarnen. Doch vergebens. Als ob die Leichenstarre eingetreten wäre. Nora! Es wird Zeit, dass du nach Berlin kommst. Soviel ist sicher. Ich gebe auf und sinniere im Halbschlaf.

Paul hält seinen Stoli wie einen Teddybären.
– Weißt du, was mich an Veronika wirklich wahnsinnig macht?
– Ihr hysterisches Feministinnengehabe?
– Nein, daran habe ich mich gewöhnt. Ich kann nicht mit ihr schlafen.
– Ich dachte, dass ihr nichts anderes tut. Ums Reden geht's ja wohl kaum bei euch.
– Nein. Ich meine das Einschlafen.
– Quatschen?
– Kuscheln.
– Kuscheln.
– Kuscheln. Mit Ersticken und so.
– Armer Kerl.
– Es gibt nur eines, das schlimmer ist.

– Und das wäre?
– Wenn Veronika mich küsst, nachdem sie mir einen geblasen hat.
– Wahrscheinlich glaubt sie, dass es dich unglaublich anturnt, dein eigenes Sperma zu schmecken.
– Tut es aber nicht.
– Und wenn du es ihr sagst?
– Hysterisches Feministinnengehabe.
– Ich dachte, daran hast du dich gewöhnt.
– O. k., o. k. Genug geschwätzt. Nora wacht auf.

Glückseliges Seufzen in meinem Rückenbereich. Nora riecht an meinem Nacken und ich spüre, wie sie langsam die Augen öffnet.

– Guten Morgen.
– Morgen.
– Frühstück?
– Ähhh, ich kann leider nicht. Ich bin verabredet.
– Verabredet? Du musst nicht flüchten. Es war doch nichts.
– Richtig. Es war nichts. Aber ich bin wirklich verabredet.
– Mit wem?
– Mit einer alten Freundin.
– Was dagegen, wenn ich mitkomme?
– Naja … ähhh, sie hat ziemliche Probleme mit ihrem derzeitigen Freund. Ich glaube, sie will einfach nur reden.
– Verstehe.

Die letzte Frau auf dieser Welt, mit der ich mir vorstellen könnte, einfach nur befreundet zu sein, ist Nina. Während bei Lisa Freundschaft aller Anfang war, verhält es sich bei Nina genau umgekehrt.

– Lass uns doch Freunde bleiben.
Eine Freundschaft mit Nina wäre eine Beleidigung gewesen. Eine Herabsetzung meinerseits. Eine Freundschaft im Nachhinein entwertet die Liebe davor. Umgekehrt ist o. k. Da gibt es eine Steigerung. Freundschaft, Liebe und Liebe trotz allem. Keine Sekunde könnte ich eine Freundschaft mit Nina akzeptieren.
– Seid ihr schon lange befreundet?
– Eine Ewigkeit.
– Hattet ihr nie das Bedürfnis, miteinander zu schlafen?
– Nein. Sie ist der totale Kumpeltyp.
Wenn doch nur alle Menschen davon wüssten, wie oft sie im geistigen Porno ihrer Bekannten die Hauptrolle spielten. Ich würde zu gerne wissen, wer in dieser Sache den Weltrekord hält. Madonna? Julia Roberts? Marilyn?

Nein, nicht Marilyn. Ich könnte mir niemals eine Frau aus alten Filmen dazu vorstellen. Es ist, als würde ich es mit einer Toten treiben. Greifbar muss sie sein. Es muss die theoretische Chance bestehen, dass ich es mit ihr treiben könnte. Obwohl die Chancen auf Madonna in einem sehr theoretischen Bereich angesiedelt sind. Beispielsweise stelle ich mir vor, dass ich mich backstage schleiche und sie zufällig nackt in ihrer Garderobe überrasche. Schüchtern will ich die Tür wieder schließen. Doch sie bittet mich herein und legt sich vor mir auf den Schminktisch. Keine Frau der Welt außer meiner theoretischen Madonna findet genügend Platz auf einem Schminktisch, um sich darauf lasziv hinzulegen. Nur sie kann das.

Sie spreizt ihre Beine und ist bereit, sich hinzugeben. Ja, die theoretische Madonna. Geschichten könnte ich erzählen. Von den Celebrities ist sie mir die liebste. Warum? Ich weiß nicht. Erstens begleitet sie mich jetzt schon seit meiner frühesten Jugend. Also bleibt sie immer im richtigen Alter für mich. Außerdem gibt mir ihre Wandlungsfähigkeit das Gefühl, mit mehreren Frauen zu schlafen. Also – ich weiß nicht, ob sie das bei ihnen auch macht. Aber bei mir verwandelt sie sich manchmal mittendrin. Manchmal singt sie sogar. Meistens ist sie ziemlich langweilig und stöhnt nur gierig meinen Namen.

Ich würde nur zu gerne wissen, mit wie vielen es Madonna schon im Fantasieland getrieben hat? Diese Schlampe. Ich würde alles darauf wetten, dass Madonna der Dauerbrenner ist. Die größten Flops: Meryl Streep, Maggie Thatcher und Nancy Reagan. Obwohl das Konzept: „Fuck The First Lady" durchaus erfolgsversprechend wäre.

In meinen ewigen Charts der Wichsvorlagen heißt die absolute Rekordhalterin: Eva W. Aus verständlichen Gründen will diese Dame anonym bleiben. Nur soviel: Sowohl quantitativ als auch qualitativ kommt keine an sie ran. Was auch kein Wunder ist. Denn Eva W. war die erste Frau, die ich küsste. Da mein Wunsch, eines Tages doch noch mit ihr zu schlafen, bis heute nicht in Erfüllung ging – ist sie zum Objekt meiner Wichsfantasien geworden. Seit nunmehr 16 Jahren treibe ich es mit Eva W. Alles nur, weil sie mich nicht unter den BH ließ.

Natürlich sieht Eva W. noch immer genauso aus wie damals. Nein, schlimmer. Seit 16 Jahren trägt sie jetzt schon den Polyesternikki, den sie an dem Tag des ersten Kusses anhatte. Glücklicherweise habe ich sie seit damals nicht mehr gesehen. Es hätte meine ganze Vorlage in Unordnung gebracht. Außerdem bedeutet die Realität meistens Enttäuschung. Nur der Sex im Wichsfantasieland ist perfekt. Hier sind immer alle geil und pervers. Ja, ich möchte behaupten, dass dort alle Bewohner ihr gesamtes Dasein darauf ausrichten, um mit mir zu schlafen. Somewhere over the Wichsland hat auch Madonna Fantasien.

Nora ist aufgestanden. Als sie im Badezimmer verschwindet, ziehe ich mich an. Es ist so entzaubernd sich vor einer Frau umzuziehen, mit der man im Dunklen einen zauberhaften Moment teilte. Nora hat meine triste Nacktheit nicht verdient. Außerdem spiele ich durchaus mit dem eitlen Gedanken, auch für Nora einmal Wichsvorlage zu sein. Und wir wollen uns diese Aussicht doch nicht verderben – wegen ein paar unnötiger körperlicher Details.

So. Angezogen fällt der Abschied leichter. Eine kurze Umarmung. Dann die Beteuerung, dass es schön war, obwohl ja eigentlich nichts passiert ist. 5 Minuten später stehe ich auf der Kensington High. Verzweifelt suche ich nach einem Pub, das Frühstück serviert.

Die Vorhänge von Ninas Fenster sind noch zugezogen. Ich starre auf die Eingangstür. Seit 2 Stunden sitze ich davor, ohne dass auch nur irgendjemand ein- oder ausgegangen wäre. Was ist, wenn ich einfach anläute? Ich bin mir nicht sicher, ob ich wirklich ein willkommener Gast bin. Besser ich warte hier, bis ich ihr zufällig über den Weg laufe. Dann kann mir keiner etwas vorwerfen. Auch wenn die Chance, dass mir Nina diese Zufälligkeit abnimmt, so groß ist, wie die Wahrscheinlichkeit, dass ich einmal die reale Madonna bumse.

Was ist, wenn sie nicht zuhause ist? Ich verbringe sinnlos Tage vor ihrer Haustür, um einen unglaubwürdigen Zufall zu inszenieren. Ich gehe zur Eingangstür. Nummer 4: Beauclair. Ich könnte doch einfach läuten, nur um zu sehen, ob sie wenigstens da ist. Eine zufällige Begegnung auf der Straße nimmt sie mir dann nicht mehr ab. Andererseits: Was ist die

Alternative? Hier sitzen bis Mick Jagger aufhört, Konzerte zu geben?

Es ist eigentlich kein Läuten, das ich fabriziere. Eher schon ein kurzes Räuspern, bei dem sich Nina nicht sicher sein kann, ob es tatsächlich die Tür war, die ihre Aufmerksamkeit begehrt.

– Was? Ich geläutet? Papperlapapp!
– Und warum stehst du dann vor der Tür?
– Ähhhh. Zufall. Nicht? Ist das nicht ein Zufall, dass du genau dann zufällig an die Sprechanlage gehst, wenn ich ganz zufällig hier stehe, wo ich doch nur rein zufällig hier in London bin.
– Helloo?
  Eine Frauenstimme.
– Helloo?
– Hellooo? Fuck you.

Die Frauenstimme legt auf. Ich warte noch ein paar Minuten, bevor ich wie ein Straßenköter wieder auf die andere Seite streune. Irgendwann muss sie ja rauskommen. Und dann … Hätte ich antworten sollen? Es ist ja schon beruhigend, dass Nina dran war und nicht irgendein Kerl, der die Sache nur verkomplizierte. Was natürlich nicht heißt, dass da nicht ein Kerl existiert, der eben diese Sache, diese zufällige, nicht verkomplizierte. Fuck. Fuck me. Nina hat Recht.

Nach 4 Stunden komme ich mir nicht nur unheimlich dämlich vor, sondern befürchte, dass ich bei den Nachbarn inzwischen zum Gesprächsthema geworden bin.

– Halt.
– Was?
– Wir sind in London, nicht in Wien.
– O. k., o. k.

Es ist keiner Sau aufgefallen, dass ich hier seit mehr als 4 Stunden stehe und wie ein Besessener ein Hausportal anstarre.
– Was heißt hier: Wie ein Besessener?
– Ja, ja. Schon gut.

Es ist 17 Uhr, als eine blonde Schönheit Mitte 20 das Haus verlässt. Sie trägt ein weißes Hemd und abgefuckte Jeans. Sie würdigt mich keines Blickes und ich beschließe, ihr zu folgen.
– Warum?
– Warum nicht?
– Aha.
– Außerdem habe ich sie vor 5 Minuten dabei beobachtet, wie sie die Vorhänge in Ninas Zimmer aufzog.
– Verstehe.

Stünde statt meiner inneren Stimme jetzt Sherlock Holmes neben mir, dann hätte er folgende Einwände vorzuweisen:
– Watson? Woher nehmen Sie eigentlich die Gewissheit, dass es sich bei diesem Fenster um das der Verdächtigen handelt?
– Ähhh …
– Finden Sie nicht, dass die Tatsache, dass es eben nicht Ms. Beauclair war, die sie am Fenster sahen, eher für eine falsche Annahme ihrerseits spricht.
– Ja, schon.
– Und trotzdem folgen Sie ihr, Watson?
– Ja, Instinkt, Mr. Holmes. Sie könnte die Fährte zu Nina sein.
– Das ist nicht logisch, Watson.
– O. k. Sie warten hier und beobachten die Häuserfront und ich verfolge die Blonde, die jetzt bei der Busstation wartet.

Widerwillig setzt sich Holmes wieder hin und schüttelt den Kopf. Ich habe den Verdacht, dass sich in seiner Pfeife Opium befindet. Und plötzlich verwandelt sich das Unding in einen Joint und aus Holmes wird Paul.

– Hübsche Blondine. Erinnert mich ein wenig an die junge Bergmann.
– Ich mag es, wie sie ihr Haar ins Gesicht fallen lässt.
– Wie eine verlorene Fee sitzt sie dort.
– Ja, eine Fee, die mich zu Nina führt.
– Sieh mal, wie trüb ihre Augen sind.
– So tief wie ein klarer Bergsee.
– Ich sagte, trüb.
– Ja, so trüb wie die Augen einer Kurzsichtigen.
– Dann doch lieber ein klarer Bergsee.
– Also, was jetzt?
– Fuck. Der Bus kommt.

Ich bin ihr wohl aufgefallen, als ich noch schnell in den Bus sprang. Da war doch ein kleines Lächeln, bevor sich ihr Blick wieder nach draußen wandte.
– Sie sind ein elendiger Detektiv.
– Ich weiß, Holmes.
Ich verkrieche mich ganz nach hinten und hoffe, so schnell wie möglich aus ihrem Gedächtnis zu verschwinden. Versunken sitzt sie da. Denkt an mich.
– Blödsinn, Watson.
  Auf jeden Fall schweben ihre Gedanken weit weg von hier.
– Sie haben sich doch nicht etwa verliebt, mein Lieber.
– Ich weiß nicht, Sherlock.

– Holmes. Für Sie noch immer Mr. Holmes. Seien Sie mir nicht böse. Aber Sie haben ein massives Problem mit Ferne, mein Lieber.
– Stockholm. So muss Schweden sein.
– Fern, bei Gott.
– Und blond.
– Watson! Sie steigt aus, Watson. Na, los, laufen Sie!

Ich dränge mich an Stockholm vorbei und remple sie beinahe um. Ich gebe vor, es unheimlich eilig zu haben und laufe ziellos in eine Richtung. Als wäre ich eine Viertelstunde zu spät zu meinem Date mit Madonna. Ums Eck bleibe ich keuchend stehen und beobachte, wohin Stockholm geht. FUCK. Sie kommt in meine Richtung. Die kühle Blonde wird doch nicht Verdacht geschöpft haben. Folgt sie mir?
– Sind Sie wirr?
– Was glauben Sie wohl?
Holmes schüttelt erneut den Kopf. Ich sehe mich um. Keine Möglichkeit, kein verdammtes Versteck in Sicht. Ein Zeitungsmann. Ich könnte ihm eine Zeitung abkaufen. Aber wer läuft stürmisch aus einem Bus, um eine beschissene Zeitung zu kaufen? Ich könnte eine Ausgabe der SUN kaufen, mir damit in Windeseile den Kopf einwickeln und einfach stehen bleiben. Stockholm würde an mir vorbeigehen – ohne großen Verdacht zu schöpfen – und sich denken:
– Na ja, wieder einer dieser verrückten Straßenkünstler.

Natürlich müsste ich kleine Schlitze in die Zeitung reißen, damit ich sehen kann, wohin Stockholm läuft. Da ist sie. FUCK – die dritte.
– Posen Sie, Watson!
– Was?

– Machen Sie irgendetwas.
– Jonglieren? Breakdance?
– Nein. Geben Sie vor, dass sie zu spät zu ihrem Date erschienen sind.

20 Sekunden später ertappe ich mich dabei, wie ich vor mich hin flüstere:
– Wo ist denn Madonna? Madonna? Where are you?
Stockholm geht an mir vorbei und schüttelt lächelnd den Kopf. Ich tue, als merkte ich nicht, dass sie mich für einen ganz normalen Irren hält und fahre unbeirrt fort.
– Madonna. Fuck. 5 minutes too late.

Stockholm geht weiter und der indische Zeitungsverkäufer sieht mich verdutzt an. Er kommt auf mich zu.
– Can I help you, Sir?
– Yeah. Have you seen Madonna in the last 5 minutes. She was waiting for me here. But now she disappeared.
Der Zeitungsverkäufer setzt sein indisches „Ist nicht scharf, mein Herr"-Lächeln auf und sagt:
– I think she walked down there. 3 minutes ago.
Der Zeitungsinder zeigt nach Rom. Stockholm ist in die andere Richtung.

Stockholm ist weg. So wie Madonna und Holmes. Nur Paul sitzt noch vor Ninas Haus und wartet für mich. Ein echter Freund. Schwenk nach links. Schwenk nach rechts. Totale Einstellung der Kreuzung. Ein paar Touristen, die gelangweilt shoppen. Ein Bobby, der mit finsterer Miene diese ungefährliche Ecke bewacht. Ein Typ, der die gelangweilten Touristen um Geld anschnorrt. Aber kein Stockholm. Fuck – die vierte.

– Vielleicht ist sie Kanalarbeiterin und ging einfach nur zur Arbeit.
– Oder eine Außerirdische, die zurück gebeamt wurde.
– Wahrscheinlich sitzt sie einfach nur im Pub und gönnt sich einen kühlen Drink.

Der Barkeeper ist 28 und sieht aus wie Liam Gallagher.
– Hey, I liked you in the Wonderwall-video.
– What?
Ein Scherz, der weniger gut ankommt. Das mit dem britischen Humor ist nichts als ein Klischee.
– One pint of Lager.
– 3.25, please.

Stockholm sitzt hinten in der Ecke. Sie hat mich nicht bemerkt. Spätestens jetzt würde sie mich für einen abnormalen Irren halten, der sie verfolgt. Ihr Haar fällt wieder ins Gesicht, ihr Blick versinkt in einer Ausgabe der SUN. Neben ihr steht ein Café.

Ich versuche mir eine Geschichte zurechtzulegen.
– Warum verfolgst du diese Frau?
– Weil sie irgendetwas mit Nina zu tun hat.
– Ja und was, wenn ich fragen darf?
– Nun … ähhh … sie schläft in ihrem Haus.
– Und woher willst du wissen, dass es ihr Fenster war?
– So etwas weiß man einfach.
– O. k. Gesetzten Falles, es handelt sich tatsächlich um ihre Wohnung. Was macht dann diese Blondine in ihrem Bett?
– Genau das versuche ich hier rauszufinden. Versteht mich denn keiner?

Ich sitze verkehrt zu Nina und starre Liam Gallagher an. Man sieht ja schließlich nicht jeden Tag eine so prominente Person hinter der Bar schuften.

– Komm sing es noch einmal für uns, Liam.

– Ach, diese Zeiten sind doch längst vorbei.

Ich wage es nicht, mich umzudrehen. Viel zu groß meine Angst, entdeckt zu werden. Stattdessen:

– One more, please.

– 7.50.

– What?

Der Barkeeper lächelt. Wirklich witzig diese Briten. Sehen aus wie Popstars und benehmen sich wie Mike Krüger. Fuck – die fünfte, kann ich nur sagen. Cheers.

Nach 20 Minuten drehe ich mich um. Insgeheim bin ich mir sicher, dass Stockholm schon wieder spurlos verschwunden ist. Was soll's. Sie wird mir nicht entkommen. Ich weiß, wo Schweden wohnt. Ich drehe mich um und stelle mit freudigem Entsetzen fest, dass Stockholm noch immer an ihrem Platz sitzt. Allerdings nicht allein. Die Außerirdischen haben diesen Typen dazugebeamt. Dieser schwarzhaarige Typ mit seinem beschissenen T-Shirt, auf dem sebuku (japanisch für: Tod durch Heterosexualität) steht und dieser nicht dazupassenden H&M-Strickjacke. Dieser Typ, der schon immer wie ein britischer DJ ausgesehen hat. Der dort kauert und Stockholms Haare aus dem Gesicht streicht. Dieser Motherfucker. Was in der Landessprache so viel wie Mutterficker heisst. Verdammt. Der Typ hat meine Freundin gebumst. Ist aus meinem Leben verschwunden. Und sitzt einfach hier in diesem Pub, um Stockholm die Haare aus dem Gesicht zu streichen. Holmes? Paul? Innere Stimme?

Ar-Men

Ein schlafendes Monster liegt im Busch. Ich höre es atmen. Das alles kann kein Zufall sein. Paul?

– Komm. Vergessen wir's einfach. Lass uns wieder nachhause fahren.
– Ich kann doch jetzt nicht abhauen.
– Warum nicht?
– So viele Fragen.
– Zum Beispiel?
– Ähh … was soll das alles?
– Wie schon William Burroughs sagte: 'Paranoid sind Menschen, die plötzlich merken, was wirklich vor sich geht.'
– Und da soll ich einfach abhauen?
– Genau.
– Liam. Noch ein Bier.

Thomas steht auf. Er kommt auf mich zu. Ich versuche meinen Kopf irgendwie im Bauch zu vergraben. Als nach 10 Sekunden nichts passiert ist, drehe ich mich um. Thomas verschwindet am Klo. Schwenk auf Stockholm. Sie hebt ihren Blick, sieht mich kurz an. Ich glaube, sie hat mich erkannt. Auf jeden Fall blickt sie mir direkt in die Augen. Sie sieht dabei genauso abwesend aus wie vorher im Bus.

Thomas kommt zurück. Stockholm und ich starren uns noch immer an. Die ganze Bar wie eingefroren. Nur Thomas bewegt sich in Zeitlupe auf mich zu. Er sieht Stockholm an, folgt ihrem Blick und: Jackpot. Freeze! Thomas starrt auf mich, ich starre auf Thomas und Stockholm auf uns beide. 10 Sekunden Zeit, um den richtigen Anfang zu finden.

– Your Lager, Sir.
– Thanks.

Ich spüre Liams wartende Blicke. Wie Dartpfeile stecken sie in meinem Rücken. Während ich den Beatlesverschnitt auszahle, zündet sich Thomas eine Zigarette an und sagt, als hätte er erst darüber nachdenken müssen:
– Daniel.
– Thomas.
Auch ich zünde mir eine Zigarette an. Thomas gibt mir Feuer. Er sieht noch immer aus wie Ethan Hawke. Und jetzt?
– Ähhhh. Bist du hier verabredet?
– Nicht direkt.
– Dann setz dich doch zu uns.
– O. k.
Slowmotion. Stockholms Augen sind die Kamera, die alles festhält. Fragender Schwenk auf Thomas. Ein misstrauischer Blick auf den Fremden, der sie im Bus umrempelte, um wie verrückt nach Madonna zu suchen.
– Das ist Ingrid.
Beinahe wollte ich sagen:
– Ich weiß. Wir kennen uns.
– Angenehm.
Ingrid lächelt abwesend. Oh Gott, dieser trübe Blick.
– Warst du nicht vorher im Bus?
– Ähhh, ja, ich glaube wir haben uns dort gesehen.
Shit. Sie erinnert sich an mich. Glücklicherweise lässt sie in meiner Gegenwart den Madonnateil weg.

In 3 Minuten Smalltalk stellt sich heraus, dass Ingrid tatsächlich aus Stockholm stammt. Sie spricht allerdings ungebrochen deutsch. Mit dem Fenster sind das bereits 2 Volltreffer in Folge.

– Was sagen Sie Holmes? Holmes?
Dann stellt Thomas die Frage, die wahrscheinlich jeden überraschen wird.
– Was führt dich eigentlich nach London?
Pause. Noch eine Zigarette? Noch eine Zigarette.
– Ähhh. Wollte nur mal raus aus Wien.
– Das wolltest du doch schon immer.
– Ja – wie du.
– Nun. Ich lebe hier.
– Seit wann.
Ich glaube, er wollte sagen:
– Seit du mich mit Bettina im Bett erwischt hast.
– Seit 6 Jahren.
– Wie das?
– Wollte eigentlich nur übers Wochenende bleiben. Na ja, dann habe ich Ingrid kennen gelernt.
– Ingrid? Verstehe.
– Und wie lange bleibst du?
– Nur übers Wochenende.
– Na ja. Wer weiß? Du hast ja jetzt auch Ingrid kennen gelernt.
– Wie bitte?
Thomas lacht. Sein Humor war immer schon ein wenig – verdreht. Und ich stelle mir vor, wie es wohl ist – mit Ingrid. Ich bestelle mir noch ein Bier, um mir den bitteren Beigeschmack dieses Nachmittages aus der Kehle zu spülen.
– Wo wohnst du?
– Weiß noch nicht. Bin eben erst angekommen.
Was sich wohl Ingrid denken mag? Sie muss zumindest annehmen, dass ich bereits den ganzen Tag stockbesoffen durch die Straßen von London streune. Thomas geht rüber zum Zigarettenautomaten.

– Das ist aber ein Zufall, dass ihr beiden euch hier trefft.
– Zufall. Ja, das ist es wohl.
– Ihr seid schon lange befreundet – Thomas und du. Ich kenne deinen Namen.
– Gewissermaßen. Wir haben uns nur aus den Augen verloren.
– In Wien?
– Ja, in Wien.
– Ich würde sehr gerne einmal nach Wien. Aber Thomas will nicht zurück. Von dir habe ich schon eine ganze Menge gehört.
– Ich wusste gar nicht, dass Thomas so viel von mir spricht.
Darauf gibt Ingrid keine Antwort. Stattdessen versteckt sie sich wieder hinter diesem abwesenden Blick und lächelt trüb in sich hinein.

– I'm sure you heard it all before but you never really had a doubt.
Der gute Liam hat sich doch noch zu einem Ständchen durchgerungen. Das Playback dröhnt durch die Lautsprecher des Lokals. Thomas kommt mit einem Päckchen Lucky Strikes zurück und setzt sich wieder hin.
– Warum bleibst du nicht bei uns?
– Für immer?
– Nein – für das Wochenende.
Thomas sieht Ingrid fragend an.
– Wenn es euch nichts ausmacht.
Ich weiß zwar nicht, was hier läuft. Aber ich weiß, dass diese Wohnung der Schlüssel zu Nina ist. Was Thomas und diese Ingrid damit zu tun haben? Holmes hat sich in Luft aufgelöst. Also bin ich ab jetzt mit dem Fall alleine betraut. Ich glaube nicht, dass sie Verdacht geschöpft haben. Sie halten dieses

armselige Szenario tatsächlich für einen Zufall. Man kann mir viel zutrauen. Aber, dass ich auf die Idee käme, nach 12 Jahren im Internet nach Nina zu suchen, um dann einfach in London aufzutauchen, darauf würde nicht mal Thomas kommen.

– Gute Arbeit, Watson.
– Danke, Holmes.
– Nennen Sie mich doch Sherlock.
– Danke, Sherlock. Wo waren Sie denn?
– Auf dem Klo. Auch innere Stimmen brauchen ihren Auslauf.

Wir beschließen, noch eine Runde zu bestellen. In den nächsten 30 Minuten kommen wir auf alles zu sprechen – nur nicht auf Bettina und Nina. Ingrid erzählt von ihren Jahren in Hamburg. Thomas schwärmt von der hervorragenden Clubszene in London und regt sich über die horrenden Mieten auf. Ich hingegen moniere Wien und betone wiederholt, wie froh ich sei, jetzt in London zu sein.

Als ich auf's Klo gehe, werfe ich einen Blick zurück. Eine Totale von Ingrid und Thomas. Slowmotion. Sie ergänzen sich perfekt. Wie eine Seele, die in 2 Menschen leben musste. Nein, wie ein Song der Beatles: Rund, perfekt, unantastbar. Close Up: Thomas. Über all die Jahre war er mir gleichgültig geworden. Erst jetzt, da wir uns wiedersehen, merke ich den Ansatz einer Verbundenheit. Aber vielleicht liegt es daran, dass es sich wieder mal um unser gemeinsames Projekt Nina handelt.

Nach 30 Minuten brechen wir auf. Natürlich stelle ich Fragen und gebe vor, den Weg zu ihrer Wohnung nicht zu kennen. Mein Blick fällt auf die Parkbank, auf der ich den ganzen Tag gesessen bin. Paul sitzt nicht mehr da. Es dämmert. Hier also hat Nina gelebt, nachdem sie mich verlassen hat.

– Jetzt werden Sie ja nicht pathetisch, mein Lieber.
– Keine Angst, Holmes. Aber Sie müssen zugeben. Es steht 2:0 für mich.

Verärgert schüttelt er den Kopf.

– Ja, ja. schon gut. Anfängerglück war das. Sonst nichts.

Zum Abendessen gibt's The Verve und Gemüse mit Couscous. Die Wohnung steckt voll lieblicher Details. Doch sowohl ich als auch Sherlock stoßen auf keine Spuren von Nina. Obwohl wir uns beide sicher sind, dass sie irgendwann hier wohnte. Zu offensichtlich ist die Verbindung zu Thomas.

– Was hat Thomas nach all den Jahren mit Nina zu tun?
– Hatten sie heimlich Kontakt?
– Vielleicht war zwischen ihnen doch mehr als nur Freundschaft?
– Wohnt Nina noch immer hier?
– Wenn ja, wo ist sie?
– Wenn nein, wo lebt sie jetzt?
– Ist sie tot?
– Vielleicht haben die beiden sie umgebracht?
– Und wer ist diese Ingrid?

Wir reden über alles – nur nicht über Nina und Bettina.
20.35 Uhr: Eine mögliche Regierungsbeteiligung von Jörg Haider.
21.12 Uhr: Die unvermeidliche Rückkehr der 80er Jahre.
21.34 Uhr: Der kurzfristige Effekt von Tarantino-Filmen.
22.03 Uhr: Die juristische Bevorzugung des Produktes gegenüber dem Menschen anhand des Beispiels der Klagbarkeit auf Schadensersatz.
22.15 Uhr: Schauspieler, die wir verachten.

22.55 Uhr: Schauspieler, die wir bewundern.
23.20 Uhr: Gemeinsame Bekannte, die wir verachten.
23.45 Uhr: Gemeinsame Bekannte, die wir ertragen.

24.00 Uhr: Thomas sind wieder mal die Zigaretten ausgegangen. Er pilgert ins Restaurant ums Eck. Ingrid und ich sind allein. Noch einmal denke ich daran, wie schön sie ist. Ingrid ist die Frau, in die man sich verliebt – und zwar auf den ersten Blick. Ein Gedanke, der mich an den willkürlichen Kauf von CDs anhand von Covers erinnert.

Kolumne Nr. 16: Hässliche Frauen sind besser im Bett. So wie die besten Alben immer die schlechtesten Covers haben.

– Jetzt kriegen Sie sich wieder ein. Beginnen Sie ein Gespräch.
– Und was soll ich sagen?
– Sie sind wirklich eine Schande für uns Detektive.
– Dann schlagen Sie etwas vor.
– Wie wäre es, wenn Sie jetzt unauffällig herausfinden, ob es sich tatsächlich um Ingrids Wohnung handelt. Dann haben Sie die Verbindung zu Nina.
– Ja, und vielleicht rückt sie ja mit der ganzen Geschichte heraus.

Ingrid sitzt in die Couchpölster vergraben und blättert im letzten FACE. Das Verhör beginnt:
– Schöne Wohnung.
– Danke.
– Wer hat denn all die Möbel ausgesucht?
– Größtenteils ich.
– Verstehe. Hast du schon hier gewohnt, als Thomas kam.

Holmes schaltet sich ein.

– Na. Sie gehen aber ran. Sie sind zu schnell unterwegs, mein Lieber.

Ingrid blickt auf.

– Ja, ich war gerade eingezogen.
– Ziemlich schwierig, eine Wohnung in London zu finden?
– Wenn man genügend Geld hat, nicht.

Holmes zieht nervös an seiner Pfeife.

– Verdammt gerissen, die Kleine.
– Was soll ich jetzt fragen?
– Sprechen Sie sie auf Thomas an.

Ingrid bietet mir noch Rotwein an.

– Wie hat es eigentlich Thomas nach London verschlagen?
– Ich denke, er wollte einfach raus aus Wien.

Ich höre, wie die Eingangstür ins Schloss fällt. Thomas ist zurück. Er kramt im Vorzimmer herum. Letzte Chance.

– Und wie habt ihr euch kennen gelernt?

Ingrid lächelt, als Thomas hereinkommt. Beiläufig und schon wieder abwesend, entgegnet sie:

– Er war übers Wochenende in London. Es war Liebe auf den ersten Blick.

Die beiden lächeln sich an. Ein kurzer Kuss. Es ist Thomas, der sofort den obligatorischen Themenwechsel vollzieht. Die beiden sind gut eingespielt. So viel ist sicher.

– Na großartig.
– Was soll ich tun, Holmes?
– Ein Rhetorik-Seminar besuchen. Ist ihnen eigentlich klar, dass Sie nichts herausgefunden haben. Wir sind genauso klug wie zuvor.
– Wir wissen immerhin, dass wir uns in ihrer Wohnung befinden.
– Und was heißt das?

– Dass sie Nina zumindest kennen muss.
– Gratuliere. Aber das war mir schon vor Stunden klar.
Thomas bietet uns beiden Zigaretten an.
– Was machst du jetzt?
– Ich schreibe Sexkolumnen.
– Sexkolumnen?
Ingrid lächelt. Das erste Mal scheint ihre Aufmerksamkeit auf mich gerichtet zu sein.
– O. k. Ein paar Testfragen.
– Worauf schaust du zuerst bei einer Frau?
– Titten.
– Nicht Augen oder Intellekt?
Ein ironischer Zwischenruf von Thomas.
– Wie es im Irischen 300 Worte für Grün gibt, kennt der Mann mindestens so viele Begriffe für Brust *(Kolumne Nr. 5)*.
Ingrid findet Gefallen an diesem Spiel.
– Flirtet sie mit mir?
Holmes verdreht die Augen und konzentriert sich auf die nächste Frage.
– Masturbation?
– Der einzige Weg, Sex mit anderen Frauen zu haben, ohne seine Freundin zu betrügen.
– Dumm fickt gut.
Thomas, bitte.
– Wer will schon die ganze Zeit bumsen?
– Die Dummen vielleicht.
Ingrid lächelt. Ich glaube, dumm. Was weiß ich. Ich glaube, ich habe zu viel Wein in mir. Sexkolumnist! Andererseits besser als Kleingartenkolumnist. Thomas gähnt, Ingrid gähnt und ich gähne aus Höflichkeit mit. Sollte ich heute nichts

mehr herausfinden, wird mir nichts anderes übrigbleiben, als Thomas morgen direkt darauf anzusprechen.

Es ist 2 Uhr. Zeit ins Bett zu gehen. Thomas führt mich ins Gästezimmer. Ingrid und er schlafen gleich nebenan. Ich denke an ein heimliches Abenteuer im Wohnzimmer, während Thomas schläft. Doch: Alles, was mich jetzt an ihr reizt, würde mich in einem Jahr zum Wahnsinn treiben. Ihr langsames Sprechen, ihr abwesender Blick. Die Art und Weise, wie sie auf alles irgendwelche Saucen streicht, bis vom Eigengeschmack nichts mehr übrig ist. Thomas ist seit 6 Jahren hier. Und wahrscheinlich seit 6 Jahren in Ingrid verliebt. Ich wünsche mir, mit ihm zu tauschen. Nur um zu wissen, was er in Ingrid sieht. Heimweh!

– Sag mal, hast du nie Heimweh nach Wien?

Thomas lächelt. Und Ethan Hawke verwandelt sich in Cat Stevens, der gerade *Father and Son* singt.

– Du kennst doch die Leuchttürme in der Bretagne? Ingrid und ich waren letztes Jahr dort. Wir sind die ganze route des phares et de balises entlanggefahren. Hunderte von Leuchttürmen dort. Und es gab einen der mich irgendwie an Wien erinnert hat.
– Ein Leuchtturm, der nicht leuchtet?
– Nein: Ar-Men. Er liegt 120 Meter von der Küste entfernt und man kann ihn nur von der Ferne aus bewundern, weil es keinen direkten Zugang gibt.

Thomas lächelt. Ich fühle mich wie eine beschissene Brieftaube, die in einem verdammten Käfig in London sitzt. Nur über die Botschaft, die ich nachhause bringen soll, weiß ich nichts.

Dubai

Es ist 4.45 Uhr. Seit 3 Stunden liege ich wach. Holmes schläft und meine Gedanken kreisen seit 45 Minuten nur noch um Nina. Davor habe ich versucht, mich mit den langweiligsten Gedanken in den Schlaf zu denken. Wie schaffen es die Hersteller von Tiefkühltorten, den Schlagobers so einzufrieren, dass er nicht in sich zusammenfällt? Wie heißen die Kundentrennstäbe in Supermärkten wirklich? Wie lautet das Gegenteil von Durst? Wie wird man Namensgeber von IKEA Produkten? Warum fallen tote Vögel nicht vom Himmel? Nachdem ich diverse Mutationen des Schäfchenzählens durchexerziert habe, gebe ich auf.

Watson denkt darüber nach, was er bis jetzt herausgefunden hat. Holmes räuspert sich genervt.

– Ich weiß, dass Nina hier gewohnt hat und dass offensichtlich Ingrid diese Wohnung übernahm. Da Thomas Nina kennt, hat er Ingrid logischerweise über Nina kennen gelernt. Das heißt: Ingrid ist eine gute Freundin von Nina …
– … und Thomas hatte die ganze Zeit über Kontakt zu ihr.

Holmes hat die Augen nicht geöffnet. Selbst im Schlaf ist sein Verstand schärfer als der meine.

– Warum?

frage ich.

– Das gilt es genauso herauszufinden wie den derzeitigen Aufenthaltsort der Hauptverdächtigen.
– Die Schlüsselfigur heißt: Thomas.
– Nun, wenn es tatsächlich einen Grund gibt, dass ihre Exfreundin zu Thomas Kontakt hält, dann möchte ich meine

Zweifel kundtun, dass aus ihm auch nur irgendetwas über die ganze Sache herauszuholen ist.
– Ja, aber was dann?
– Die Wohnung. Denken Sie daran, es war einmal Ninas Wohnung.
– Sie meinen, ich solle herumspionieren, jetzt, da alle schlafen.

Doch Holmes hat sich wieder umgedreht und schnarcht. Für ihn ist das nur ein Fall unter vielen. Er hat keine Lust, sich auch nur im Geringsten emotional zu involvieren.

Stille. Es ist 4.45 Uhr. Eigentlich sollte es kein Risiko darstellen, sich ein wenig umzusehen. Wenn man mich in flagranti erwischt – dann habe ich eben den Kühlschrank gesucht. Eine platte Ausrede. Aber durchaus ausbaufähig.

Ich stehe auf und krame nach meinen Zigaretten. Ich bin froh, dass ich rauche. Sonst müsste ich jetzt ohne Feuerzeug durchs Dunkle tappen. Was in einer fremden Wohnung wahrscheinlich keine gute Idee wäre. Mit einer Ausrede und einem gestohlenen Feuerzeug bewaffnet, mache ich mich auf die Suche. Die Tür knarrt – in der Höhle des Lizardking. In der Ferne höre ich *Riders on the storm* und das leise Gemurmel von Eidechsen.

Lautlos schleiche ich an der angelehnten Schlafzimmertür von Ingrid und Thomas vorbei. Keine Ahnung, was und wo ich suchen soll. Im Kühlschrank werde ich kaum Spuren von Nina entdecken. Es ist so verdammt dunkel hier.
– Fotos?
– Danke Holmes.

Aber wo könnte Ingrid ihre Fotos verstecken? Ich schleiche ins Wohnzimmer. In Zweiminutenabständen zischen betrunkene Autos vorbei. Diese Stille macht mich nervös. Am Liebsten

würde ich die Stereoanlage laut aufdrehen. Was, wenn das Telefon läutet. Soll ich rangehen?
– Es ist 4.47 Uhr Früh.
– Telefone läuten meistens ungelegen.
Neben dem Bücherregal befinden sich einige Schubladen. Ich wüsste nicht, wo Ingrid sonst ihre Erinnerungen aufbewahren sollte. Außer im Schlafzimmer vielleicht. Oder in ihrem Kopf. Beides Möglichkeiten, die im Augenblick einer komplizierten Operation bedürften. Ich stecke das Feuerzeug ein und ziehe sorgfältig am Griff. Natürlich verursacht die unsaubere Verarbeitung dieser indischen Diskontmöbel ein dumpfes Geräusch. Man muss die Lade ruckartig hin und herbewegen, um sie ganz heraus zu ziehen. Es erfordert größte Vorsicht, damit die Lade nicht auf den Boden knallt. Jeder Ruck ein Schrei. Ein ewig dauernder Kampf, den die Lade mit widerspenstigen Geräuschen führt. Nach 40 Sekunden habe ich die erste Lade bezwungen. Fuck! Modeschmuck. Ein paar alte Uhren. Ja, sogar ein digitaler LKW aus den 80er Jahren liegt da herum. Aber Nina trug keine Uhren. Und für Modeschmuck hatte sie auch nichts übrig. 20 Sekunden lang stehe ich so dämlich davor wie die Beatles auf der Bühne. Wenn uns der Punk Rock irgendetwas gebracht hat, dann zumindest eine vernünftige Gitarrenhaltung.

Ich fühle mich wie in Top Kapi, als sie den Riesendiamanten aus dem Museum stahlen und in der Luft hängend den Laserstrahlen der Alarmanlage ausweichen mussten. Wahrscheinlich ist es die letzte Lade. Es ist immer die letzte. Die Dinge, die man sucht, liegen immer dort, wo man sie am wenigsten vermutet. Ergo: Warum nicht gleich nachsehen, wo man als letztes suchen würde.
– Was machst du da?

– Ich suche den Kühlschrank, Mann!

Mutter?

Ich war betrunken und schlich mich durch unsere klaustrophobische Neubauwohnung. Das Gehen fiel mir schon schwer. Ich war heilfroh, als ich endlich das Klo fand, um sitzend mein Geschäft zu verrichten. Plötzlich Licht.
– Was machst du da?
– Nach was sieht es aus?
– Ich hoffe nicht, dass es das ist, wonach es aussieht.
Zu spät. Ich hatte bereits ein großes, braunes Ei in das Waschbecken des Badezimmers gelegt und … So!
– Shit!
Die unterste Lade ist leer. So muss sich wohl der Melittamann gefühlt haben, nachdem er sich das erste Mal im Fernsehen sah. Dämlich. Einfach nur dämlich. Aber lange nicht so dämlich, hätte ich die schwarze Silhouette bemerkt, die dort schon die ganze Zeit auf der Couch gesessen hat, um mich bewegungslos zu beobachten.

Lautlos schiebe ich die unterste Lade zurück. Ich habe aufgehört zu atmen. Meinen Ohren reichen bis zum Schlafzimmer, aber nicht bis zur Couch.
– Ene mene muh und raus bist du …
– Scheiße! Jawohl. Scheiße! Verdammt noch mal.
Fotos. Jawohl. Auf dem Boden. Scheiße! Mit einem Riesenkrach, verdammt noch mal. Ich seh mich um. Nichts bewegt sich. Kein Laut zu hören. Alles ruhig. Easy! Easy! In Zeitlupentempo stelle ich die ganze Lade auf den Boden. Erst als mir das Feuerzeug aus der Hand rutscht und krachend auf dem Boden landet, merke ich, dass mein ganzer Körper schweißgebadet ist.

– Feuer?
– Nein, danke.
Wirr sortiere ich die Fotos wieder ein. Feuer? Noch ehe ich mich umdrehen oder einfach nur fluchtartig das Haus verlassen kann – geht die kleine Stehlampe an. Ohne hinzusehen hoffe ich, dass es Ingrid ist. Aber diese Ganzkörperübelkeit verrät mir, dass dort Thomas sitzt. Dass er schon die ganze Zeit dort gesessen hat und mein Vorhaben von der Couch aus beobachtet. Es gibt keine Ausrede, die nicht wirr genug wäre, um mich einzuliefern.
– Zigarette?
Thomas hält mir sein Zigarettenpäckchen hin. Ich stehe auf und beobachte mich selbst dabei. Erster Tanzkurs. Boogie Woogie. Meine Schweißhände. Die Partnerin rutscht ab …
– Kannst wohl auch nicht schlafen?
Er gibt mir Feuer und es gibt nichts zu sagen. Morgen werde ich verschwinden. Wir werden nicht über diesen Vorfall sprechen. Niemand wird davon erfahren. Und wir werden uns auf gar keinen Fall wiedersehen.
– Das mit den Laden passiert mir auch ständig. Aber es gibt einen Trick. Man muss sie leicht schräg anwinkeln und dann in einem Ruck rausziehen.
– Verstehe.
Die Ganzkörperübelkeit ist einer universalen Lähmung gewichen. Alles erstarrt. Außer Thomas.
– Ingrid hat mir erzählt, dass du ihr gefolgt bist.
Jetzt nimmt sich auch Thomas eine Zigarette. Wenigstens erspart er mir vorwurfsvolle Blicke. Beide starren wir auf die am Boden liegenden Fotos.
– Ist es das, was du gesucht hast?
Ich nicke. Thomas steht auf. Er nimmt die Fotos und wirft sie zurück in die Lade. Er drückt sie mir in die Hand.

– Ich werde Ingrid nichts davon erzählen. Wir sehen uns morgen und reden über alles.
– O. k.

Dann geht Thomas schlafen und ich nehme die herausgerissene Lade mit in mein Zimmer. Nichts ist mehr peinlich. Ich könnte mich nackt an den Piccadilly Circus stellen und mit einer Zitrone im Mund tanzen. Es würde mir nichts ausmachen. Die Erleichterung, einen Hinweis gefunden zu haben, ist um einiges größer als der Umstand, von Thomas erwischt worden zu sein. Keine Angst mehr. Außer vor morgen. Morgen? Es darf niemals morgen werden. Vielleicht finde ich ja, was ich brauche. Dann bin ich weg, bevor wir über alles reden können.

Holmes schläft und ich setze mich ans Bett. Die Lade ist berstend voll mit Fotos. Fotos von Ingrid als Kind, von Ingrid im Urlaub, von Thomas und Ingrid, von einem lächerlichen Meet and Greet mit Bros, von diversen unbekannten Schwedinnen und Schweden. Ingrid als Katze verkleidet, Ingrid knutscht mit einem 14-jährigen, der aussieht wie einer von Bros, Ingrid in verkrampfter Reithaltung. Daneben ein Araber, der das Pferd am Riemen hält. Ingrid in einem arabischen Restaurant, vor dem Ortsschild von Dubai, ebendort in einer Bar mit 5 anderen Mädels, einer Inderin, einer Amerikanerin, vielleicht Italienerin, offensichtlich Skandinavierin und Nina. Die gleichen 5 Mädels betrunken auf der Straße, am Strand mit irgendeinem Surfer, im Wohnzimmer einer geräumigen Diplomatenvilla. Nina wie ein verschwommener Fleck, farblich ausgebleicht – so, als wäre sie vor langer Zeit gestorben. Der Surfer muss Chris sein. Ich spüre es. Chris, der Psychopath. Natürlich ist er muskulös und gutaussehend. Der junge Steve Mc Queen. Und dieser verliebte Blick von Nina. Alle

glotzten sie auf den Psychopathen, als hätten sie es mit einem verdammten Weltwunder zu tun. Aber Nina nahm die Trophäe mit nachhause. Wer sonst? Nina bekam immer, was sie wollte. Seltsam, nach so langer Zeit ihr Gesicht wiederzusehen. Noch seltsamer, dass ich sie damals noch gar nicht kannte. Ninas Zeit in den Arabischen Emiraten fand immer nur in meinem Kopf statt. Ingrid ist die Freundin, die sie damals zurückließ. Der sie nicht sagte, wohin sie ging. Um nicht von Chris, dem Psychopathen gefunden zu werden. Ingrid. Die beste Freundin. London. Der Ort, an dem sie sich wieder trafen. Nina musste einsam gewesen sein. Oder war es Ingrid, die Nina fand? Wie kam Thomas zu Ingrid?
– Über Nina, Watson.
– Warum hatte Thomas noch immer Kontakt zu ihr?

Es ist 5.30 Uhr Früh. Draußen wird es hell. Mitten in einem Haufen Fotos schlafe ich ein. Es dauert ungefähr 10 Sekunden. Ich passiere in einem arabischen Kaftan die Ortstafel von Dubai. Gleich daneben eine englische Telefonzelle. Ganz leise höre ich es läuten, denn die Aussicht ist atemberaubend. Eine Fototapete aus 1001 Nacht.

Amsterdam

9.45 Uhr. Ein Telefon läutet. Thomas geht hin und labert irgendetwas auf Englisch.

– No. Ingrid is not in, sorry, bye bye.

Wenigstens erspare ich mir die Peinlichkeit einer morgendlichen Begegnung. Sie hat ihm alles erzählt. Die dilettantische Verfolgung. Mein Date mit Madonna. Als sie sagte, sie hätte auch schon viel von mir gehört, da hätte ich doch stutzig werden müssen – verdammt noch mal. Wie sie meinen Fragen auswich!

Sie muss mich für einen Vollidioten halten. Dass ich Nina nach all den Jahren hinterherlaufe. Wie ein Hund einem Knochen. Sie denkt, ich bin ein Psychopath wie dieser surfende Chris. Und wahrscheinlich liegt sie gar nicht so falsch damit.

Was soll's? Es gibt kein Zurück. Zu tief sitze ich schon in der Scheiße. Arme Lisa. Wenn sie wüsste, was hinter ihrem Rücken vorgeht. Ob sie wirklich schwanger ist? Hat sie versucht mich zu erreichen? Arme Tania, die demnächst in einen Flieger steigt, in der Hoffnung, dass ich ihre Liebe erwidere. Aber wer weiß? Wahrscheinlich hat sie ihre Meinung geändert, um doch irgendwelche Hollywoodgrößen oder Fotografen zu vögeln. Vielleicht sollte ich mich bei Bettina melden. Fragen, wie es mit der Kolumne läuft. Ach was. Wir werden es noch früh genug erfahren. Ich kann uns beide schon als 70-jährige Sexpromis sehen, die in irgendwelchen Talkshows abhängen und noch immer einen auf verständnisvoll und jung machen. Armer Daniel. Liegt im Bett zwischen Fotos der Vergangenheit und wartet darauf, dass Thomas reinkommt und ihn fragt:

– Schon wach?

Thomas lächelt und steht wartend in der Tür. Ich bin mir immer noch nicht sicher, was er von all dem denkt. Er versteckt sich hinter einer aufgesetzt guten Laune, die mich zum Kotzen bringt.
– Lass uns frühstücken gehen.
Ein ausdrucksloser Blick von Thomas auf die Fotos am Bett. Dann schließt er die Tür.

– Es ist Zeit, dass wir uns verabschieden, mein Lieber.
– Was?
Holmes reicht mir die Hand.
– Ich fürchte, ich kann nichts mehr für Sie tun. Sie müssen diesen Fall jetzt alleine lösen.
– Ich denke, das wird ganz ohne mein Zutun passieren.
– Da könnten Sie recht behalten.
– Gewiss. Danke, auf jeden Fall.
– Es war mir ein Vergnügen, Watson. Rufen Sie an, wenn sie wieder in der Stadt sind. Vielleicht ziehen wir dann um die Häuser und besaufen uns mal so richtig.
– Wiedersehen, Mr. Holmes.
Er dreht sich noch einmal um:
– Bevor ich's vergesse: Habe mir Ihr Weezer-T-Shirt ausgeliehen.
– Kein Problem. Betrachten Sie es als Honorar.

Thomas und ich sitzen schweigend in der U-Bahn. Ich trage eines seiner Hemden. Es ist 10.56 Uhr und ich habe genau 4 Tage Zeit, um den Fall Nina zu lösen. Heute ist Samstag und Mittwoch Morgen landet Lisa aus Tokio. Es bleiben 4 volle Tage.
– Siehst du eigentlich noch Paul?
Thomas geht's langsam an. Ein bisschen Small Talk zum Aufwärmen?

– Klar. Den wird man ja nicht los.
Es gab eine Zeit, da erinnerte mich Paul an Dr. Gonzo in *Fear and Loathing in Las Vegas*. Keinen Stoff, den er nicht ausprobierte. Thomas und Paul kennen sich nur flüchtig. Paul hatte eine ziemlich hohe Dosis Acid genommen, die zu wirken begann, als Thomas zu uns stieß. Wir saßen damals mit unseren beschissenen Smiley-Shirts im P1 und starrten auf die Tanzfläche. Ich auf die Mädels und Paul auf die 20 Skinheads, die den Dancefloor beherrschten. Eigentlich waren es keine Skinheads, die Paul dort sah.

Als Thomas sich vorstellte und ihm die Hand entgegenstreckte, ging Paul mit leerem Blick an ihm vorbei. Paul sah keine Skinheads. Es mussten wohl Graugänse oder Hühner gewesen sein. Auf jeden Fall bückte er sich vor den Skinheads hin und begann sie mit Lockrufen zu füttern.
– Buttbuttbutt …

ahmte Paul das Geräusch eines fütternden Bauern nach, der versuchte seine Hühner zu locken. Fassungslos standen die Skinheads davor und starrten den offenkundig vom Wahnsinn befallenen Smiley-Wichser an. Es konnte nur noch Sekunden dauern, bis sie ihn in Stücke rissen.
– Ich glaube, dein Freund hat gleich ein Problem.
Thomas und ich liefen zu Paul und zogen ihn weg. Die Skinheads verprügelten uns. Der buckelige Paul zog ungestraft weiter, um noch den Rest der Großraumdisco zu füttern. Wie gesagt: Paul und Thomas lernten sich unter einem schlechten Stern kennen. Jedes Mal, wenn sie sich wiedersahen, dominierte Paul das Gespräch mit irgendwelchen Exotikdrogen, die er als nächstes ausprobieren wollte.
– Du hast Paul nur auf Drogen kennen gelernt.
– Das stimmt nicht ganz. Ich erinnere an die Party von Karin R.

Ein Zwischenfall, über den selbst Paul nur ungern spricht. Paul war an diesem Abend nur besoffen. Wenn ich nur sage, dann meine ich eigentlich, dass Paul nicht mehr stehen konnte und nur noch wie ein kranker Hund artikulierte. Trotzdem hat er es irgendwie geschafft, ein Mädchen zu finden, das bereit war, mit ihm zu kopulieren. Und zwar im Schlafzimmer von Karin R.

Als Paul sich über sie beugte, um das Vorspiel zu beenden, konnte er es nicht mehr halten. Er kotzte ihr seinen gesamten Rausch auf die Brust. Ein Interruptus, der mit keiner Entschuldigung wieder gutzumachen war. Paul schlief auf der Stelle ein und das arme Mädchen war ungefähr 2 Stunden lang damit beschäftigt, sich aus den Klauen dieses Monsters zu befreien. Keine schöne Aufgabe, wenn man die ganze Brust voll Kotze hat. Aber das Mädchen – selbst kein Kind von Traurigkeit, konterte in perfider Manier. Am nächsten Tag wachte Paul am Rücken liegend auf. Von seiner Brust ging jenes warme, wohlfeile Gefühl aus, das ihm eine unerwartete Geborgenheit gab. Was man vom Geruch nicht behaupten konnte. Ich wäre zu gerne dabei gewesen, als Paul merkte, dass ihm die Geliebte des Vorabends ein kleines Andenken in Form eines faustgroßen Exkrements hinterlassen hatte. Sauber hinterlegt auf Pauls Brust. Eine äußerst präzise Arbeit, die wir uns visuell nicht weiter vorzustellen brauchen. Es hätte von dieser Geschichte nie jemand erfahren, wenn Paul nicht so dämlich gewesen wäre, in seinem Rausch nach draußen zu laufen, um die frühstückende Familie von Karin R. mit folgendem Satz zu überraschen:

– Sie hat mir auf die Brust geschissen. Diese Schlampe.

– Danke. Man kann es deutlich sehen

entgegnete der Vater ruhig. Bei Karin R. fand meines Wissens nie wieder eine Party statt.

– Ich habe dich nie gefragt, woher du Paul eigentlich kennst?
Thomas und ich passieren den Speakers Corner. Sein Blick schwenkt über den einzigen anwesenden Prediger.
– Wir kennen uns aus dem Gymnastikkurs.
– Wie bitte?
– Ja, uns verbindet eine alte Leidenschaft für das Bodenturnen.

Wie jeder Junge in unserem Alter scheiterten auch wir am Versuch, uns selbst einen zu blasen. Wir verrenkten uns wochenlang das Kreuz, um nur einen Zentimeter näher zu kommen, um den Penis nur für eine Sekunde mit der Zungenspitze zu berühren. Die meisten Jungs in unserem Alter gaben nach wenigen Wochen auf. Sie fanden sich voreilig mit der Tatsache ab, dass sie mit ihrem eigenen Mund niemals ihren Penis berühren würden. Nicht so Paul und ich. Unabhängig voneinander meldeten wir uns für das Freifach Gymnastik an. In der Hoffnung, unseren Rücken so elastisch zu trainieren, dass wir unser Ziel erreichten. Nach 6 Monaten hatte ich eine weitere sexuelle Illusion verloren – aber einen neuen Freund gefunden.

Kurz verharren wir am Speakers Corner und lauschen dem durchgeknallten Afro, der behauptet, den Beweis gefunden zu haben, dass Jesus ein Schwarzer war.

– He was a carpenter. And just a black guy gets a fucking job like that.

Kurze Zeit später wird er von einem Bobby abgeführt. Predigen ist leider nur sonntags erlaubt.

– Paul hat sich verändert.
– Das hoffe ich.
– Er hat eine Freundin.
– Und du?
– Ich auch. Seit 2 Jahren.

Sein Gesicht verfinstert sich. Wir sind wieder beim Thema. Im Café spielen sie zum kontinentalen Frühstück belanglosen Compilationjazz.

– Was machst du in London, Daniel?
– Du weißt genau, warum ich hier bin.
– Ich fürchte, dass ich es weiß.
– Und?
– Du solltest nach Wien zurückfahren.
– Dafür ist es zu spät.
– Du wirst es bereuen.
– Wenigstens etwas.

Die Kellnerin serviert Croissants und Café au lait. Continental? Wenigstens gibt es keine englischen Würstchen dazu. Wir beginnen zu essen.

She's got a ticket to ride.
She'got a ticket to ride,
but she don't care.

– Wir haben nicht viel Zeit. Du musst in 30 Minuten weg. Also sparen wir uns den Small Talk und kommen zur Sache.
– Bitte.

Ich verstehe zwar nicht, warum ich in 30 Minuten weg muss. Schließlich habe ich keine Bank überfallen. Ich bin hier das

Opfer. Die Geisel meiner Umstände. Aber bitte. Jetzt kommen wir endlich zur Sache. Kannst gleich mal loslegen, mein Lieber. Und wir fangen mit Bettina an.

– Das mit Bettina tut mir leid.

Ein wenig dürftig, findest du nicht?

– Ich weiß, dass das ein wenig lächerlich klingt, aber es hatte nichts zu bedeuten.
– Schön zu hören, dass dir unsere Freundschaft nichts bedeutete.
– Um die Wahrheit zu sagen: Sie hat mir auch nichts mehr bedeutet. Nach Nina haben sich unsere Wege getrennt.
– Womit wir schon beim Thema wären. Ohne Nina wären wir niemals befreundet gewesen.
– Ich weiß. Vielleicht habe ich dir nie verziehen, dass du Nina gekriegt hast und ich nicht.
– Eine seltsame Art, es mir heimzuzahlen. Du glaubst doch nicht im Ernst, dass Bettina mir nur annähernd so viel bedeutet hat wie Nina.
– Ich habe sie seit damals nicht wieder gesehen, wenn dich das beruhigt.
– Ich schon. Letzte Woche. Ich schreibe mit ihr meine Sexkolumne.
– Du schreibst mit deiner Ex eine Sexkolumne?
– War eine harte Woche. Was soll ich sagen?
– Und jetzt bist du hier und suchst Nina?
– Du weißt, wo sie steckt.

Thomas zögert. Er bestellt noch einen Kaffee. Will mit der heißen Info nicht so richtig rausrücken. Jetzt rollt er sicher die Geschichte von hinten auf. Warum ich noch immer nach ihr suche? Was ich mir davon verspreche? Wie ich ihn überhaupt gefunden habe? Ob ich nicht glaube, dass es an der Zeit wäre, endlich von ihr loszukommen? Aber weit gefehlt. Thomas kennt die Antworten auf all diese Fragen. Und offensichtlich haben wir wirklich keine Zeit zu verlieren.

– Ja, ich weiß, wo sie steckt. Und um gleich deine nächste Frage zu beantworten: Ja, ich hatte die ganze Zeit Kontakt zu ihr.

Ich bin lauter geworden. Ich fordere Thomas heraus, will jetzt alles wissen. Thomas sitzt nur stoisch da.

– Du hast mich nie gefragt, ob ich weiß, wo sie steckt.
– Du hättest mir diese Frage natürlich ehrlich beantwortet.
– Nein. Wahrscheinlich nicht.

Stille. Ja, sogar die Musik hat eine Pause eingelegt. Ich sehe aus dem Fenster. Eine Gruppe britischer Flugbegleiterinnen geht vorbei.

– Warum?
– Ich kann dir nur noch mal raten, zurück nach Wien zu fahren und das Ganze zu vergessen.
– Hab's registriert. Weiter.

Ich könnte mit meinem Kopf solange gegen diese Tischplatte schlagen, bis sie zerbröselt vor mir liegt.

– Nichts weiter. Ich glaube, Ingrid können wir raushalten aus der ganzen Geschichte.
– Was weiß sie?
– Sie ist Ninas beste Freundin.

Es macht mich wahnsinnig. Es macht mich rasend, dass man mich all die Jahre verarscht hat. Das Nichtwissen, das Behandeltwerden wie ein kleines Kind, macht mich wütender als der Umstand, dass Nina mich damals verlassen hat. Es ist so verdammt demütigend.

– Und jetzt?
– Darüber habe ich die ganze Nacht nachgedacht.
– Schön, dass dir auch nicht langweilig war.
– Das kann man wohl nicht behaupten.

– Und zu welchem Schluss bist du gekommen?

Spuck's aus. Du hast keine Ahnung, wie knapp du vor einem Unglück stehst, mein Lieber.

– Ich möchte, dass du weißt, dass das wirklich keine leichte Entscheidung war. Und vielleicht ist sie auch falsch. Aber wahrscheinlich stellt sich diese Frage überhaupt nicht.

Richtig gedacht. Meine Fäuste sind schon geballt. Mein Blick fällt auf das Frühstücksmesser. Alles wirkt surreal. Verloren. Belanglos. Entfernt. Das ganze Lokal beginnt sich zu drehen. Nur dieses Messer bleibt bewegungslos liegen. Als wäre es ein Teil meines Körpers, wäre es untrennbar mit meinem Schicksal verbunden. Ein Magnet mit entgegengesetztem Pol. Sprich. Sprich schneller. Bringen wir's hinter uns. Thomas greift in die Tasche. Meine Hand nähert sich dem Messer. Hat er eine Waffe? Habe ich eine Wahl? Schweigend legt er ein Ticket auf den Tisch. Das Karussell stoppt. Und die Musik beginnt wieder zu spielen.

And we all go to heaven in a little red boat
Clap hands!

– Ich weiß, dass ich das nicht tun dürfte. Ich habe es Nina versprochen. Aber ich schulde dir etwas.

– Warum habe ich das Gefühl, dass es mein Leben ist, dass du mir schuldest.

– Du solltest jetzt gehen. Die Adresse findest du im Kuvert.

Ich deute der Bedienung: Zahlen. Doch Thomas winkt ab. Er sieht aus wie Peter O'Toole, der von Richard Burton an der Bar vergessen wurde. In sich zusammengefallen sitzt er da. Es sind keine Vorwürfe, die ihn plagen. Ich denke, er hat niemals aufgehört, Nina zu lieben. Und vielleicht ist das der Grund, warum er mit Ingrid zusammen ist. Er hat Ninas größtes Geheimnis verraten. Er hat den Strang durchschnitten. Ab jetzt wird alles anders sein. Und er wusste, dass dieser Moment eines Tages kommen würde.

Als ich gehe, starrt Thomas ins Leere. Es ist ihm egal, ob wir uns jemals wieder sehen werden. Erst im Taxi zum Flughafen öffne ich das Kuvert. In 40 Minuten geht mein Flieger nach Amsterdam.

Miami

Nach Nina war nichts mehr, wie es war. Alles nur noch Zweck, um etwas völlig anderes zu erreichen. Ein Leben vor Augen, das es nicht gab. Living in a magazine.

Vor 10 Jahren habe ich aufgehört, ehrlich zu mir selbst zu sein. Vor 10 Jahren habe ich aufgehört, nein zu sagen. Wann habe ich das letzte Mal etwas mit Herz getan? Wann habe ich das letzte Mal etwas in Angriff genommen, das nur für sich selbst bestimmt war? Ohne Zweck. Ob Geld oder einfach nur das fixe Bild von einem anderen Leben, bekannt aus Film, Funk und Fernsehen. Fototapeten, die vor den Augen flimmerten. Die mir in schönen Zeitlupenbildern vorgaukelten, wie es sein sollte – und natürlich auch könnte. Wann war das Leben so wie es ist? Wann war jeder Tag nicht ein Schritt, um den einen perfekten Tag zu erreichen? Den einen Tag, für den man all die anderen Tage geopfert hat.

– Wenn ich reich bin, kann ich mir endlich überlegen, was ich wirklich will.

Ich habe aufgehört, mit dem Neinsagen. Habe gelernt, jeden Umstand zu akzeptieren. Weil ich von diesem Fototapetentag träume, für den sich alle Jas gelohnt haben werden.

Ich sagte ja zu den Träumen, die sie mir verkauften. Sie stellten mir beschissene Fototapeten vor die Augen und sagten:

– All das könnte eines Tages dir gehören. Wenn du dich 40 Jahre lang zu Tode schuftest, schön brav unsere Marken kaufst und auch sonst bei jedem Scheiß mitmachst, der uns so einfällt, um unsere eigenen Fototapeten zu finanzieren. Wir machen dich fertig, damit du davon träumst, dass dieser Albtraum irgendwann zu Ende geht. Vergiss die 80 Jahre, die dir ohnehin keiner versprochen hat. Carpe diem. Auf diesen einen Tag kommt es an. Auf den Tag, an dem du in dieser verschissenen Fototapete lebst.

Mit 80 kommt man sich dann ganz schön verarscht vor, wenn einen die Fettbauchseelen im Jakuzzi auslachen und meinen: Ab in die Hölle. Dort haben wir noch eine viel größere Fototapete für dich aufgestellt.

Ich war nicht ehrlich zu mir. Und ich war auch nicht ehrlich zu den anderen, die ich in meinem Lebensfilm immer nur als Statisten empfand. Selbst für eine beschissene Sexkolumne tauge ich nichts. Weil ich keinen Satz davon ehrlich meine. Ich habe keiner einzigen meiner Exfreundinnen jemals den wahren Grund für unser Scheitern genannt.

– Du bist nicht wie Nina.

Deshalb sitze ich in diesem beschissenen Flieger. Um mir alles zurückzuholen. Um endlich zu begreifen, dass es diesen Fototapetentag einfach nicht gibt.

Landeanflug.

Es gibt Momente, da fühlt man sich so offen, dass man das Leben durch jede Pore spürt. Dann will man nur ein Atom sein, dass sich aus dem Fenster stürzt, um durch den Boden zu gleiten, um sich irgendwo in der endlosen Ferne wieder mit einem anderen Atom zu wahrnehmbarer Materie zu vereinen. In diesen Momenten fügt sich für wenige Sekunden alles zusammen. Da scheint die Welt perfekt und man glaubt sich unverletzlich, weil man seine eigene Nichtigkeit erkennt. In diesem Moment begreift man sich selbst nur als Teil eines Ganzen. Die riesigen Fototapeten, die man um sich selbst gebaut hat, werden plötzlich transparent, man gleitet hindurch und erkennt, was sich dahinter verbirgt. Es ist wie ein schlechter Witz. Hinter diesen riesigen Tapeten befindet sich eins zu eins das gleiche Motiv.

Es ist 14.50 Uhr als ich in Amsterdam lande. Neben mir sitzen 2 Typen in Helmut Lang-Outfit. Als Overstatement tragen sie schwarze Pradapantoletten. Mit ihren heraushängenden Hemden versuchen sie „gerade gebumst" auszusehen. Ihr Haar in stundenlanger Prozedur gestylt, damit sie verschlafen, autistisch, wirken ... Was soll ich sagen: 2 Kreative einer Werbeagentur, die versuchen auszusehen, wie 2 verfickte Genies.

Ich habe die Werbung gehasst. Nach 4 Monaten habe ich jeden meiner so genannten Berufe gehasst. Ich habe in keinem Erfüllung gefunden. Konnte mir nicht vorstellen, für immer diesen einen Beruf auszuüben. Carpe diem! Man hat mir 80 Jahre versprochen. All inclusive! Keine Zeit zu verlieren. Das Telefon in meinem Kopf hat nicht zu läuten aufgehört. Kein einziges Mal ist jemand rangegangen.

– Weil du keinen Krieg miterlebt hast.
– Großmutter?

Der Krieg, den ich führe, hat mit Entbehrung nichts zu tun. Ich will alles. Und zwar gleich. Was dazu führte, dass ich heute nicht mehr weiß, was ich will.

Für meine Großmutter musste es vollkommen unverständlich sein, dass meine Generation so unzufrieden vor sich hin existierte. Immerhin waren wir die ersten, die ohne Entbehrungen lebten.

– Bitte, Coca-Cola gab es nur Sonntags. Kein Kabelfernsehen. Keine Mobiltelefone. Nur EWG. Und Mensch ärgere dich nicht. Das kann man sich ja heute gar nicht mehr vorstellen.

Uns wurde alles auf einem Silbertablett serviert. Und dennoch nahm der Frust zu. Vielleicht braucht der Mensch die Unzufriedenheit um weiterzuleben?

Heimweh. Jenseits.
And we all go to heaven in a little red boat.
Clap hands.

Die Mondlandung musste wohl der enttäuschendste Moment des 20. Jahrhunderts gewesen sein. Der Tag, an dem wir merkten: Wir sind allein. Zumindest im Umkreis von Millionen von Meilen. Als Armstrong und Konsorten über die steinerne Wüste das Mondes latschten, brachten sie uns die Ahnung näher, dass Gott vielleicht gar nicht existiert. Wozu dann alles? Carpe Diem. Lasst die Sau raus. Ihr habt nichts zu verlieren! Leben, als ob man schon gestorben wäre! Als wäre heute der letzte Tag! Um zu merken, dass er es nicht ist. Um schließlich nicht mehr zu wissen, wie es weitergeht.

– Ja, es ist leichter in den Himmel zu kommen, als im Himmel zu bleiben.
– Großmutter?
– Wenn du Gott zum Lachen bringen willst, erzähle ihm deine Pläne.

– Großmutter?!
– Man soll den Tag nicht vor dem Abend loben.
– Großmutter.
– You can't always get, what you want.
– Großmutter! Bitte!!!

Ich glaube, Lisa wollte immer das Gleiche. Seit sie denken kann, ist sie auf der Suche nach dem richtigen Mann.

– Dem richtigen Mann?
– Ja, die Sorte, die einem 18 Babys macht. Die auf Knopfdruck Versprechen gibt, wie: Ich werde für immer und ewig bei dir bleiben. Ein echter Walton. Jim-Bob höchstpersönlich.

Vielleicht hängt diese ganze Suche mit Lisas Kindheit zusammen. Ihr Vater ist abgehauen, als sie 7 war. Sie hat den Bastard seit damals nie wieder gesehen. Er hat sich mit irgendeiner Tussi aus dem Staub gemacht. Alles hinter sich gelassen, weil er die Panik bekam, sein Leben wegzuschmeißen. Alles aus mit Frau und Kind! Ein lebenslanges Gefängnis, aus dem es nur ein Entkommen gibt. Und das ist meistens blond, Mitte 20 und von Beruf Sekretärin. In diesem Fall hieß sie Susanne, war 25 und stand neben Sex auch auf Männer mit Geld. Wahrscheinlich hat sie ihm ein Kind angehängt und Lisas Vater fand sich relativ schnell in seiner alten Situation wieder. Doch er hat sich gesagt: Scheiß drauf. Es gibt keinen Ausweg. Hat Susanne geheiratet, um 15 Jahre später mit einer 25-jährigen Blondine abzuhauen, die ihm wiederum ein Kind anhing. Fuck. Irgendetwas sagt mir: Auch in mir steckt einer dieser Scheißkerle, die in ihrem Freiheitswahn Frau und Kind verlassen. Aus Panik, sie könnten etwas versäumen. Man muss nicht tief graben, um in mir diesen Scheißkerl zu finden. Die letzten 10 Jahre sprechen eine eindeutige Sprache. Von einem romantischen Fix zum nächsten. Und wenn die Droge der verliebten Hormone nachzulassen droht, dann auf zum nächsten Schuss. Ein Kind wäre nichts anderes als eine kurzfristige Entziehungskur. Ich kenne keinen Fixer, der nicht rückfällig geworden wäre.

Lisa weiß, was sie will. Sie will dieses Kind. Nicht, weil sie darin den Sinn des Lebens sieht. Sätze wie: „Ich will doch nur, dass es dir besser geht als mir." haben mit Selbstlosigkeit so viel zu tun wie Arnold Schwarzenegger mit Buddhismus. Übersetzt heißen sie: Lebe gefälligst mein Leben weiter. Denn ich muss sterben. Und ich sehe keinen Ausweg, als dich in meiner scheiß Angst zu zwingen, mich, Mr. Oberwichtig, nachzubesetzen.
– Ich will doch nur das Beste für dich.
– Ich will, dass du das willst, was ich will.
– Seit ich ein Kind habe, weiß ich, was der Sinn des Lebens ist.
Ein ewiges Delegieren. Ein Leben spenden, das dann auch auf der Suche nach dem Sinn des Lebens ist, um den Sinn des Lebens im Spenden von Leben zu finden.

Lisa will dieses Baby. Aber nicht aus diesem Grund. Lisa will, dass ich ewig bei ihr bleibe. Sie braucht mich. Braucht irgendjemanden.
– Dieses Kind wäre das Ergebnis unserer Liebe. Ein Bindeglied, das weiterlebt, verstehst du?
Dieses Baby würde uns aneinander ketten. Mich zwingen, bei ihr zu bleiben. Selbst wenn schon lange nichts mehr zwischen uns läuft. Aber darauf kommt es nicht an.
– Hauptsache, du bist bei mir
hat Lisa einmal gesagt.

– Hauptsache, Papa kommt zurück
hat Lisa damals wirklich gemeint.

Dass Lisa dieses Baby zum bedingungslosen Vertragsgrund unserer Beziehung erhoben hatte, merkte ich erst vor 3 Monaten. Es war einer dieser Tage, an denen alles schief läuft. Job, Leben, Fernsehprogramm. Da helfen nur 2 Dinge: Entweder man trinkt sich bewusstlos oder man geht einkaufen. Frauen kaufen Schuhe. Männer kaufen Autos. Konkret: Ein roter Alpha Romeo. Cabrio und Zweisitzer.
– Willst du wirklich so viel Geld für ein Auto ausgeben?
– Für was sonst? Für Klamotten vielleicht?
Lisa starrt schweigend auf den italienischen Wunderpenis in Rot. Ich kenne diesen verletzten Blick, der nie direkt sagt, was ihn kränkt, sondern nur über Umwege spricht.
– Nun. Er hat nur 2 Sitze
gibt Lisa zaghaft von sich.
– Siehst du hier noch jemanden außer uns beiden?
gebe ich schnippisch zurück.
Jetzt habe ich auch noch den Verkäufer beleidigt, der betreten neben uns steht. Man kann es wirklich keinem recht machen. Und Lisa? Sie dreht sich um und meint:
– Ich warte draußen.
Danke. Wie soll einem da nicht die Lust vergehen, seinen Penis zu optimieren.
– Was soll das?
laufe ich ihr wütend nach.
– Das ist doch nur ein scheiß Auto!
– Wenn es ein scheiß Auto ist: Warum willst du es dann kaufen?
– Nicht scheiß Auto im Sinn von scheiß Auto, du weißt schon, was ich meine.

– Ich weiß genau, was du meinst.
– Ach ja, was meine ich?
– So wie Kind, aber doch kein Kind!

Daher blies der Wind. In solchen Fällen gibt's nur eins. Die Kurve kratzen. Auch wenn es sich nicht mehr ausgeht.

– Wenn's so weit ist, kann ich ihn ja wieder verkaufen.
– Und wann ist es soweit?
– Dann, wenn wir den Wagen verkaufen.

Schlechter Zeitpunkt für einen – zugegeben – schlechten Scherz.

– Verstehst du nicht. Mit diesem Auto fängt alles an?
– Was fängt an?
– Das Ende. Von allem!
– Dolmetscher? Bitte!
– Sie meint, dass Sie dieses Auto nur deshalb kaufen, weil Sie Angst vor dem Altwerden haben. Sie befürchtet, dass dieses Auto das Ende ihrer Beziehung vorwegnimmt, weil Sie sich vor dem Altern fürchten. Zuerst dieses Auto und in 5 Jahren eine blonde 25-jährige, die nach Freiheit und ewiger Jugend riecht. So wie ihr alter Herr. Alles klar?
– Ich bin nicht dein Vater, Lisa!
  schreie ich ihr nach.
– Und auch nicht der Vater meiner Kinder!
– Was heißt hier Kinder. Wir haben mal von einem gesprochen.

Zu spät. Lisa ist hinter einer Ecke verschwunden.

Romantische Zugeständnisse in Richtung Kind. Nur, um die eigene Glaubwürdigkeit wieder herzustellen. Bereits am nächsten Morgen kaufte ich ein Buch, das alle legalen Kindernamen enthält. Auch wenn manche davon keineswegs legal sein sollten. Ich lasse es wie zufällig aufgeschlagen im

Wohnzimmer liegen. Ein Beweis, dass auch mir dieses Thema wirklich am Herzen liegt. Ein Betrug. Eine Lüge. Eine List, die Lisa zumindest wieder zum Lächeln bringt. Das Buch liefert Gesprächsstoff für 2 Wochen. Dann wieder Streit. Wieder Versöhnung. Der sich nähernde Abgrund in Form einer sich dehnenden Vagina. Ich lehne mich vor und rufe:
– Hallo?
– Hallo!
Ein Echo, das mir ähnlich klingt. Aber eben nur ähnlich.

Das Echo soll übrigens Amina heißen. Wir wollen beide, dass es ein Mädchen wird. Mit einem Jungen wären wir auch glücklich. Wir würden ihm keine Frauenkleider anziehen. Aber ein Mädchen wäre uns lieber.
– Und wenn es dann doch ein Junge wird?
– Dann werden wir ihn genauso lieben, wie unsere Tochter, die wir gleich danach zeugen werden.
– Bis zu den Waltons?
– Bis zu den Waltons.
Die Tatsache, dass wir überhaupt darüber nachdenken, ob wir Junge oder Mädchen bevorzugen, beweist in Wahrheit nur: Der Projektor des Willens ist angeworfen. Die Leinwand heißt Amina und:
– Ich will doch nur das Beste für dich.
– Papa?
– Ja.
– Fuck off.
Dahinter mein lachender Vater, der die Arme zu einer Siegerpose formt.

7 Jahre später. Lisa und ich haben 3 Söhne und keine Lust mehr auf Sex. Pech für Amina. Die Jungs tragen lieblose Na-

men wie Peter, Thomas oder Klaus. Alles nur wegen Amina. Wir waren eben auf ein Mädchen eingestellt. Deshalb mussten wir uns spontan entscheiden.

Peter wird Arzt, Thomas berühmter Schriftsteller und Klaus Tennisprofi. Da sind wir uns sicher. Auch, wenn sie noch viel zu jung sind, darüber nachzudenken. Ich hingegen bin alt genug, um über so manches nachzudenken. Ich weiß, wovon ich spreche. Denn ich habe mein Leben weggeschmissen, damit wenigstens diese undankbaren Fratzen das verwirklichen, was ich versäumte. Wenn Peter mit 18 davon redet, er wolle nicht studieren, fange ich ein Verhältnis mit Angelika an. Sie ist 25, blond und meine Sekretärin. Sie sucht den Mann für's Leben. Jackpot! Dieser Mann bin ich. Ich denke mir: Das werde ich ihr schon noch austreiben. Schwängere sie und treffe bei unserem ersten Familienurlaub den alten Herren von Lisa. Wir liegen am Strand von Miami. Hinter uns die Waltons. Dahinter noch mal die Waltons. Rundherum die Waltons. Dazwischen 2 Männer, die über rote Sportwägen philosophieren. Irgendwann merke ich, dass es Lisas Vater ist, der da so leidenschaftlich von Alpha Romeos schwärmt. Sage noch im Fortgehen:
– Scheißkerl
und merke, während ich es sage, dass ich eigentlich mich selbst damit meine. Warum das alles? Genau. Wegen Nina.

– Warum wegen Nina?
Weil sie mir die Vorstellung gab, dass so etwas wie die Frau fürs Leben existiert.
– Wie sieht denn bitte die Frau aus, mit der ein Mann sein ganzes Leben verbringen will?
– Immer anders. Und niemals wirklich.
– Dann gibt es sie überhaupt nicht: die Frau fürs Leben.

– Ja und nein.
– Was jetzt?
– Es ist eine Frau, bei der man nie das Gefühl hat, sie ganz zu besitzen.
– Eine Frau, die immer anders aussieht.
– Eine Frau, in die wir alles hineinprojizieren können.
– Eine Frau, die nie zur Mutter wird.
– Auch wenn sie schon 3 Söhne geboren hat.
– Die man selbstverständlich erst wahrnimmt, wenn sie ausgewachsene Männer sind.
– Mit denen man dann um die Häuser ziehen kann.
– Um über rote Alpha Romeos und blonde Sekretärinnen zu philosophieren.
– Die Frauen fürs Leben existieren nur auf Fototapeten.
– Und in Pornofilmen.
– Die Frauen fürs Leben wohnen im Wichsfantasieland.
– Immer geil.
– Nur pervers.
– Aktiv im Bett.
– Ja, verliebt in meine teilnahmslose Lethargie.
– Sie lachen über jeden meiner schlechten Witze.
– Mögen es, wenn ich stinke.
– Und sind nur da, wenn man sie braucht.
– Die Frauen fürs Leben können ohne Fußball und Oralsex nicht existieren.
– Die Frauen fürs Leben machen aus unseren Bierbäuchen stahlharte Muskelpartien.
– Sie sind untertags wie Mutter und in der Nacht hemmungslose Huren.
– Die sich natürlich für niemand anderen interessieren.
– Die Frauen fürs Leben sehen jeden Tag anders aus.

– Sie sind wandlungsfähiger als Madonna. Und stets so schön, dass sich die restliche Männerwelt vor Neid öffentlich die Penisse abschneidet.
– Natürlich bewundern sie nur dich. Auch für deine Schwächen, die du ja eigentlich als deine Stärken empfindest.
– Sie sind eben ein Alpha Romeo-Einzelstück mit selbstfüllendem Tank.
– Die Frauen fürs Leben sind in Wahrheit Männer mit Brüsten.
– Alle Männer sind schwul.
– Jawohl. Schwul.
– Wie bitte?
– Schwul. Alle Männer sind schwul.
– Das hoffe ich nicht.
– Ist aber so.
– Dann ist meiner ein verdammt guter Schauspieler, Sir.
– Ja, die Wahrheit ist bitter.
– Ja, Sir, mindestens so bitter, wie die Tatsache, dass ich Sie jetzt leider bitten muss, aus dem Flieger zu steigen.

Die Flugbegleiterin lächelt trotzdem. Inzwischen haben die Putzkräfte den Flieger übernommen. In wenigen Minuten sitzt ein anderer an meinem Platz. Der Erfinder der in Plastiksäckchen eingeschweißten Saucen, die Tiefkühlprodukten beigelegt werden. Er wird so etwas sagen wie:
– Wissen Sie, ich bin der geniale Mensch, der eine Möglichkeit fand, dass die Sauce nicht immer viel heißer aus dem Mikro kommt als der Rest.
Sie wird beeindruckt lächeln und mit ihm gemeinsam auf die Bodenstation wechseln. 2 Kinder zeugen, die beide den Nobelpreis für Tiefkühlgerichte verliehen bekommen. Einer, weil er es schaffte, ein noch erfolgreicheres Produkt als die

Tiefkühllasagne zu kreieren und der andere, weil er die erste Tiefkühlpizza erfand, die keinen zu trockenen Rand hatte.

Man nickt mir noch erleichtert zu, als ich mich als Letzter in den Transportbus zwänge. Plötzlich ist es nicht mehr wichtig, ob ich Nina finde. Es geht hier nicht mehr um Nina.

Es ist Samstag, 14.50 Uhr. Am Mittwoch, 9.30 Uhr landet Lisa. Nur noch 4 Tage. Und dann noch den Rest meines Lebens. Fuck.

Venedig

Samstag, 17.45 Uhr. Ich sitze an der Prinsengracht und bin erstaunt, dass in Amsterdam nicht nur Junkies herumlaufen.

Von Amsterdam gibt es sicher reichlich Fototapeten. Ich hätte darauf getippt, dass Nina in einem von diesen Hausbooten lebt. Um die Illusion aufrecht zu erhalten, jederzeit abhauen zu können. Stattdessen sitze ich vor einem Backsteinhaus mit Blick auf die Prinsengracht. Keine schlechte Gegend. Obwohl es ziemlich geschäftig zugeht, ist es eigenartig still. Liegt wahrscheinlich an den Radfahrern, von denen die Prinsengracht okkupiert wird. Hin und wieder fährt an mir ein kleines Boot vorbei. Manchmal eine Möwe, die sich an den Wasserrand setzt. Eine surreale Stille. *Wenn die Gondeln Trauer tragen.*

Es muss wohl gegen 18 Uhr sein, als neben mir 2 blinde alte Frauen Platz nehmen und dieser rote Ball im Wasser landet. Wie in einem alten 8mm-Urlaubsfilm. Erst schwimmt der rote Ball mit der Strömung. Dann dieses Kind. Es muss ein 10 Meter weiter Sprung gewesen sein. Das Kind geht lautlos unter. Wie ein Stein. Keine Luftblasen. Keine Wellen. Keine Spur. Als hätte es das Wasser verschluckt. Die beiden Blinden lauschen der seltsamen Stille. Keiner der Passanten beachtet das Geschehen. Aus irgendeinem Grund kann ich mich nicht bewegen. Plötzlich dreht sich eine der beiden Damen zu mir:
– Hier, das ist für Sie.
– Wie bitte?
– Das ist für Sie.
Ich öffne die Augen. In meiner Handfläche liegt ein Gulden. Der Mann dreht sich noch um und lächelt mir zu. Dann zieht

er das Kind an seiner Hand, das ihm in kleinen, schnellen Schritten folgt. Ich blicke ihnen sprachlos nach. Was gibt ihm das beschissene Recht, zu denken, ich sei obdachlos? Nur weil ich hier ein Nickerchen eingelegt habe. Was soll das Kind denken? Warum mache ich mir überhaupt Gedanken? Ich kenne die beiden doch überhaupt nicht. Mein Blick fällt auf den Gulden. Was fängt jemand in einer Notsituation mit einem Gulden an? Eigentlich eine Verarsche. Ein Schnäppchen, um das schlechte Gewissen zu befriedigen. Pfui, sage ich. Pfui. Und überlege, ob ich den beiden nachlaufen soll, um sie angemessen zu beschimpfen.

– Komm!
– Was?
Die Ereignisse überschlagen sich. Die Holländer sind ein verdammt lästiges Volk.
– Komm schon.
– Nina?
– Komm. Ich will nicht, dass dich hier jemand sieht.
Ich folge ihrem Rücken und spüre ihre warme Hand, wie sie zupackt. Ich habe nicht mal ihr Gesicht gesehen. Alles geht so schnell. Plötzlich hat Nina die Wohnungstür hinter mir zugeknallt und ist in einem der Nebenräume verschwunden.
– Zieh dir die Schuhe aus und komm rein.
Die Stimme aus dem Nebenzimmer hat irgendwelche Vorhänge zugezogen. Offensichtlich ist meine Anwesenheit nicht besonders erwünscht. Oder gefährlich.
– Was soll diese Geheimnistuerei?
– Das sagst ausgerechnet du?
In meinem Kopf herrscht Vakuum. Ich bin mir nicht mal sicher, ob ich schon wach bin. Der Typ. Das Kind. Der Gulden. Die beiden Blinden. Der rote Ball. Das Kind im

Wasser. Nina. Ich. Alleine im Vorzimmer stehend. Schuhe ausziehen! In einem fremden Haus in Amsterdam. Dort, wo man die Vorhänge zuzieht, wenn ich komme. Ich bin nicht auf der Flucht. Oder doch? Ist mir etwas entgangen? So geht es doch manchen Verrückten. Vergessen einfach einen Mord. Was habe ich getan? Was ist hier los? Ich stinke. Und wie ich stinke. Unter meinem Hemd mündet der Canale Grande in meine Achselhöhlen. Traue mich nicht in dieses Zimmer, wo vielleicht Nina mit einer Waffe auf mich wartet.

– Geht schon!

– Gibt's eine Überraschung?

– Ich glaube, du bist Überraschung genug.

– Offensichtlich nicht.

Ich verstehe. Nina wusste, dass ich da unten wartete. Woher? Thomas. Natürlich. Er hat sie vorgewarnt – der alte Bastard. Gut so. Komme ich wenigstens nicht ganz so ungelegen. Und Nina? Hat wohl den richtigen Zeitpunkt abgewartet, um mich zu holen. Jetzt zieht sie paranoid die Vorhänge zu. Als müsste sie mich vor der Außenwelt verstecken. Als wäre ich ein gesuchter Mörder. Und dieser rote Ball? Habe ich das Kind in die Grachten geworfen? Ich knalle doch nicht durch? Verliere die Kontrolle über mich. Töte irgendwelche Passanten, ohne es zu merken. Und dann plötzlich Polizei. Überall Polizei. Ich weiß nicht, warum. Und Nina, die mich wegzieht und in ihrem Haus versteckt.

– Thomas hat mich angerufen, dass du auf dem Weg nach Amsterdam bist.

– Und?

– Und? Das sollte ich dich fragen.

– Bist du böse?

– Böse ist nicht das richtige Wort. Irritiert schon eher.

Ich habe ganz vergessen, wie oft Nina das Wort „irritiert“ verwendet.

Ich sehe endlich Ninas Gesicht. Sie hat sich verändert. Aber ich hätte sie erkannt. Gott sei Dank. Sie hat zugenommen. Mindestens 10 Kilo. Ihr langes, blondes Haar ist zu einem Pagenkopf geschrumpft. Dicke Haare, die ungeordnet in alle Richtungen stehen. Sie ist noch immer wunderschön. Besonders ihre Augen. Mit diesem abwesenden Blick.
– Wie der von Ingrid.
Das gleiche Charisma. Aus dem gleichen Seelentopf. Der gleiche Koch.

Sie sieht mich an. Der Blick ist nicht fragend. Auch nicht vorwurfsvoll. Und schon gar nicht irritiert. Er ist beinahe gutmütig wissend.
– Du hast dich verändert.
– Du bist die erste, die mir das sagt.

Im Gegensatz zu meinen Freunden habe ich die weichen Züge eines 18-Jährigen behalten.
– Tee?
– Wenn du auch einen nimmst.
Ein vorwurfsvoller Blick.
– Ich habe dich gefragt. Nicht mich.
– Siehst du. Habe mich doch nicht verändert.
Nina schüttelt den Kopf und verschwindet wieder in der Küche.
– Schöne Wohnung.
Ich habe mich noch nicht mal umgesehen.
– Ich glaube, es ist der falsche Zeitpunkt für Small Talk, findest du nicht?
– Wenn du meinst.

Ich bin mir nicht sicher, ob es richtig wäre, Nina in die Küche zu folgen. So weit sind wir noch nicht. Nicht nach 5 Minuten. Stattdessen setze ich mich auf das Sofa im Wohnzimmer. 2 Minuten später kommt Nina mit einem Teekessel zurück und nimmt gegenüber in sicherer Entfernung Platz.

– Ohne Zucker, oder?

– Hast du das geraten oder noch gewusst?

Stirnrunzelnd sieht sie mich an, als könne ich mir diese Frage selbst beantworten.

– Musik?

fragt Nina. Ich antworte mit einem zynischen Lächeln, das sie unmöglich verstehen kann.

– Hast du Tina Turner?

Nina kennt Lisa nicht. Sie weiß nichts von meinen Lebensumständen. Sie würde sich hüten danach zu fragen. Nina fragt nie irgendetwas. Nicht mal, was ich hier suche.

– Liegt hier irgendwo rum. Müsste ich aber suchen.

– Was?

– Na, Tina Turner. Darf's was anderes sein?

– Ja, ja natürlich. War nur ein Scherz.

Nina kapiert das Rumgetue wegen der Musik nicht. Und es ist ihr auch scheißegal, was ich hören will. Außer den „Doors" scheint im Augenblick alles angebracht.

Sie wühlt in den CDs als würden sie nicht ihr gehören. Sie lebt mit einem Mann!

– Bruce Springsteen?

Nina würde niemals auf die Idee kommen, Bruce Springsteen zu hören. Selbst nach 10 Jahren nicht.

– Wohnst du hier alleine?

Fauchender Blick. Dancing in the Dark.

– Hör zu. Heute kannst du hier schlafen. Aber morgen muss ich dich rauswerfen. O. k.?

– Also nein?
– Was nein?
– Nicht allein.
Sie schüttelt den Kopf. Doppelnegation!

Es ist 19.30 Uhr. Die Prinsengracht füllt sich allmählich mit Betrunkenen. Von draußen hört man dumpfes Grölen. Wir haben Sushi bestellt und rauchen zwischen flackernden Teelichtern eine Zigarette nach der anderen.

Eigenartigerweise reden wir nicht.

Wenn ich Nina ansehe, dann erkenne ich in ihr nur die Nina, die ich damals kannte. Doch es sind 10 Jahre vergangen. Und die Nina, die hier sitzt, ist mir in Wahrheit völlig fremd. Ich glaube, ihr geht es nicht anders. Diese Nacht ist zu kurz, um 10 Jahre aufzuholen.
– Es ist eigenartig, wie viel man vergisst.
Während sie das sagt, zündet sie noch ein Teelicht an.
– Was meinst du damit?
– Ich konnte mich nicht mehr an die Narbe über deinem Auge erinnern. Oder, dass du Menschen nie in die Augen siehst.
Ich starre ins Teelicht.

Teelicht heißt auch bei Ikea Teelicht.

Im Hintergrund hallen die Sessions von Kruder & Dorfmeister. Es ist erstaunlich, dass ich hier in Amsterdam Wiener Musik finde. In diesem Zimmer, das Wien so stark verneinte. Ausgerechnet in dem CD-Haufen, der vermutlich Ninas Freund gehört.
– Seid ihr verheiratet?
– Nein.
Wenigstens etwas. Eine Scheidung kann ziemlich kompliziert werden.

– Du hast noch immer keinen Bartwuchs.
Verlegen streiche ich mir über das Kinn.
– Ich hatte Angst, dass ich dich nicht wieder erkenne, wenn ich dich finde.

Schnitt. Ich habe eine Grenze überschritten. Nina versucht zwar ihr Gesicht zu einem Lächeln zu zwingen. Doch gleichzeitig senkt sie traurig den Blick. Nervös beginnt sie mit der Zigarettenpackung zu spielen. Ich habe offen ausgesprochen, dass ich sie suchte. Für Nina ist dieses Kapitel abgeschlossen. Etwas, worüber es kein Wort mehr zu verlieren gibt. Ein ganzes Leben liegt zwischen uns. Ninas Leben – allerdings.

Das Telefon läutet. Es ist er. Da bin ich mir sicher. Aber Nina geht nicht hin. Etwas sagt mir, dass ich es bin, der hier anruft. Und zwar seit 10 Jahren. Nina denkt nicht daran abzuheben. Dieser Traum. Er begann vor genau 10 Jahren. Seit diesem Moment sitzt Nina in diesem Zimmer und geht einfach nicht ran. Weil sie weiß, wer anruft. Weil es der falsche Zeitpunkt ist, um über alles zu sprechen. Nach minutenlangem Läuten schweigt der Apparat. Und Nina hat kein einziges Mal aufgesehen.

2 Minuten langes Schweigen. Dann läutet es an der Wohnungstür.
– Das Sushi ist da.
Ich gehe hin und bezahle den Boten.

Als ich zurückkomme ist alles anders. Kruder & Dorfmeister haben sich verzogen. Stattdessen läuft irgendeine Gameshow im Fernsehen. Nina ist mit ihren Gedanken weit weg. Völlig verloren, dort, wohin ich ihr nicht folgen darf. Nicht heute Abend. Sie hat den Fernseher eingeschaltet, damit sie in meiner Gegenwart alleine sein kann. Schweigend esse ich das Sushi. Nina rührt ihren Teil nicht an.

Es ist 22.30 Uhr als Nina aufspringt. Nervös geht sie im Zimmer auf und ab. Ich gebe vor, in den Fernseher zu glotzen. Plötzlich schreit sie mich an:

– Was starrst du so blöd?
– Ich sehe mir die Gameshow an.
– Ist wohl alles nur ein Spiel für dich?!
– Was soll der Scheiß? Für mich ist es das Gegenteil von einem Spiel. Das kannst du mir glauben. Und wenn es ein Spiel ist, dann läuft es sowieso nach deinen Regeln.
– Was soll das alles? Tauchst hier einfach nach 10 Jahren auf. Was willst du überhaupt?
– Ich wollte dich sehen.
– Mich sehen. Wozu?
– Wozu? Wozu? Was heißt hier wozu?

Ich kann diese Frage nicht beantworten. Und wähle den Publikumsjoker.

– Wir waren 18, Daniel. Achtzeeeeeehn. O. k.?
– Ich weiß, dass wir achtzeeeeehn waren. Das brauchst du mir nicht zu sagen.
– Es ist über 10 Jahre her. Wir haben nichts mehr gemeinsam.
– Ich zweifle daran, dass wir das jemals hatten.
– Ach ja. Bist du gekommen, um mir das zu sagen?
– Vielleicht.
– Dann kannst du ja jetzt wieder fahren!

Nicht jetzt. Nicht jetzt. Nicht jetzt, wo wir schon dabei sind.

– Warum wusste Thomas, wo du bist?
– Weil er mir sicher nicht nach 10 Jahren hinterher geschlichen wäre.

– Er hatte auch keinen Grund dazu! Er wusste ja alles.

Schweigen. Was wusste er alles? Nina sieht mich außer Atem an. Ihre Gedanken kreisen. Was wusste er alles?
– Thomas war immer nur ein Freund
stottert sie ins Leere.
– Offenbar ein besserer als ich.
– Eben nur ein Freund.
– Ob diese Antwort die richtige ist … erfahren wir nach der Werbung.
Wütend dreht Nina den Fernseher ab. Von draußen hört man die Betrunkenen grölen.
– Was willst du, Daniel?
Ich setze mich zurück auf das Sofa. Nervös nehme ich mir eine Zigarette. Wenn ich jetzt keine Antwort finde, dann schmeißt sie mich raus.
– Ich will wissen, warum du mich damals verlassen hast.
– Ich war 18.
– Das ist kein Grund.
– Du hast doch nicht erwartet, dass wir heiraten, Kinder kriegen und uns eine Wohnung neben deinen Eltern nehmen. Ich bin nicht wie deine Mutter.
– Meine Mutter ist tot.
Schweigen. Lähmung. Damit hat Nina nicht gerechnet.
– Das tut mir leid.
– Mir auch.
Ich wollte mich all die Jahre bei niemandem ausheulen. Jetzt bricht alles aus mir hervor. Es ist mir nicht unangenehm. Nicht vor Nina. Sie setzt sich zu mir. Sanft streicht sie über mein Gesicht. Und ich heule die gesamten 10 Jahre aus mir raus.

Plötzlich stößt sie mich weg. Sie geht auf und ab. Schaltet den Fernseher ein. Volle Lautstärke. Um hektisch nach dem Ausschaltknopf zu suchen.

– Ich kann das nicht, Daniel.

Hysterisch schüttelt sie den Kopf.

– Was?

– Ich halte das nicht aus. Du bist nicht mehr Teil meines Lebens. Ich will das alles nicht hören!

– Sie reißt an ihren Haaren und geht hinaus. Der Fernseher läuft auf vollen Touren.

– Nina!

Keine Antwort.

– Nina?!

Ich stehe auf und schalte den Fernseher aus.

– Nina! Beruhige dich doch.

Stille. Als ich in der gesamten Wohnung nachsehe, kann ich sie nirgends finden. Wie immer ist sie weggelaufen. Hat einfach die Tür hinter sich zugeknallt. Erst jetzt bemerke ich das kleine Zimmer neben der Eingangstür. Jeans, Kapuzenpullis, Eminem-Poster und keine Bücher. Das Kind sollte mehr lesen.

Ibiza

Gegen 3 Uhr läutet das Telefon. Ich muss eingeschlafen sein. Draußen ist es still. Die grölenden Menschen sind müde geworden. Dazwischen das Läuten des Telefons. Ich gehe nicht hin. Es ist er. Wo ist Nina? Wahrscheinlich noch unterwegs. Läuft durch die Straßen. Von Gracht zu Gracht. Immer im Kreis.

Der Fernseher zelebriert in einer Endlosschleife das gleiche Messerset. Ich habe ihn laufen lassen, um mich abzulenken. In ein paar Stunden wird er zurückkommen. Nina wird alle Spuren verwischt haben. Nichts deutet darauf hin, dass ich jemals hier gewesen bin. Nina, die Frau ohne Vergangenheit. Und alles dreht sich weiter. Als wäre nichts passiert.

Ich rieche nach den letzten 3 Tagen. Mein Körper kann sich an alles erinnern. An Tania. An Bettina. An die beiden Hooligans. An Nora. An Thomas. An Ingrid. An Nina. Die Haut riecht nach allen. Nur nicht nach Lisa.

Heimweh.

Ar-Men.

Verschlafen torkelt Lisa ins Zimmer und kramt in den CDs nach Tina Turner. Ich stelle mich schlafend. Sie sieht mir dabei zu und lächelt gerührt. Vorsichtig legt sie sich neben mich und streicht durch mein Haar.

Niemand liebt mich so uneingeschränkt wie Lisa. Diese Welt dreht sich um uns. Alles auf eine Karte gesetzt. Jedes Gefühl gebündelt und konzentriert. Ineinander verloren. Bis wir den Unterschied zwischen uns nicht mehr ausmachen können.

Was mache ich hier? Ich dringe in Ninas Leben ein und das letzte, was ich mir erwarten darf, ist, dass sie mich so uneingeschränkt liebt wie Lisa. Wenn ich die Wahl hätte, wer an meinem Sterbebett säße – dann könnte es nur Lisa sein. Bei Nina wäre ich mir nicht mal sicher, ob sie pünktlich erscheinen würde. Oder ob sie nicht lieber auf Ibiza abtanzt, um ja nicht mit hineingezogen, um ja nicht zum Bleiben gezwungen zu werden.

– Die Liebe ist in dem, der liebt. Nicht in dem, der geliebt wird.
– Großmutter?
– Nö. Ich bin's. Platon.

Nina wurde zu oft geliebt. Nie zurückgeliebt. Nie geblieben. Alle nur Statisten in dem Film, der vom Weggehen handelt. Eine Endlosserie. Die Kulissen wechseln. Doch die Handlung bleibt gleich. Nina die Geliebte. Auf der Flucht vor den Liebenden. Um nicht verletzt zu werden. Um in ständiger Bereitschaft zu bleiben. Um gewappnet zu sein. Um spurlos verschwinden zu können. Um sich keine Narben zuzuziehen. Um die Tür lautlos hinter sich zu schließen. Um sich davonzuschleichen.

Ich höre, wie die Eingangstür ins Schloss fällt. Nina ist zurück. Sie schleicht durch das Haus. Ich schließe die Augen. Stelle mich schlafend. Lautlos betritt sie das Zimmer. Ich kann sie atmen hören. Sie riecht nach kalter, frischer Luft.

– Ich weiß, dass du nicht schläfst. Sprich mit mir.
– Ich weiß nicht, ob es etwas zu sagen gibt
flüstere ich, so als hätte sie mich gerade geweckt.
– Liebst du mich wirklich immer noch?

Schweigen. Ich wünschte, der Fernseher würde nicht laufen.
– Ich bin hier, um genau das herauszufinden.
– Und hast du schon eine Antwort gefunden?
– Ich weiß nicht. Ich glaube, ich habe im Augenblick mehr Antworten als Fragen.

Ich höre, wie sich Nina vor mich auf den Boden setzt. In ein paar Stunden wird er zurückkommen. Keine Fingerabdrücke hinterlassen. Keine Gedankenspuren. Nichts passiert.

Nina zündet sich eine Zigarette an. Die Teelichter haben ihr gesamtes Wachs aufgebraucht. Im Fernsehen laufen statt dem Testbild Wiederholungen.
– Daniel. Liebst du mich?
Sie muss es jetzt wissen. Vielleicht aus Zeitgründen. Irgendetwas ist passiert, während sie ziellos durch Amsterdam lief.
– Liebst du mich?
Ich kenne die Antwort auf ihre Frage. Aber ich habe Angst davor. Es gibt keinen Ausweg. Es ist die einzige Möglichkeit, die ganze Sache zu einem Ende zu bringen.
– Das weiß ich erst, wenn ich mit dir geschlafen habe.
Es ist Lisas Stimme, die hier spricht. Und plötzlich muss ich lachen. Warum können Freunde nie auch Freunde sein? Ich spüre Ninas Hand, wie sie unbeholfen über meinen Kopf streicht. Meine Augen sind noch immer geschlossen, als sie mich zu sich auf den Boden zieht. Zögernd küssen wir uns, um uns Sekunden später an den Haaren zu reißen, um uns ineinander gekrallt auf dem Boden zu wälzen. Wir wollen den anderen aus seinem Körper schälen. Ihm die Seele ausreißen.

Ich schließe die Augen. Ich rieche, ich küsse, ich taste, ich greife, ich kralle mich fest. Ich reiße Kleider vom Leib. Ich forme mit meiner flachen Hand einen Körper und trinke den Schweiß der Leidenschaft. Ich dringe ein und stoße so fest ich kann. Ich stöhne. Ich schreie. Ich komme. Ich rolle mich ab und bleibe bewegungslos liegen. Ich. Ich. Ich! Ich habe mir die ganze Zeit Lisa dabei vorgestellt. Und Bettina. Und Tania. Und Ingrid. Und Nora. Ich. Ich. Ich habe mit mir selbst geschlafen. Leere im Kopf. Lisa ist die einzige Frau, mit der ich im Bett lachen kann. Ich könnte heulen. Jetzt.

Testbild. Schweigen. Lähmung. Nina wischt mit einem Taschentuch mein Sperma vom Boden. Dann zieht sie sich an. Sex im Affekt. Ich habe kein Recht mehr darauf sie nackt zu sehen. Dann eine Tür, die ins Schloss fällt. Ist er zurück? Nur im Kopf von Nina. Eine Minute später höre ich das Wasser der Dusche. Ich bleibe auf dem Boden liegen. Ich verstehe nichts.

Ich stehe auf und schalte den Fernseher aus. Es ist 5 Uhr Früh.

– Paul?
– Ja?
– Was soll ich tun?
– Fragt Andrew Riggley beim Anblick einer Gitarre.
– Paul? Bitte.
– Nichts. Absolut nichts.
– Heißt das: Alles wird gut?
– Das ist kein scheiß Hollywoodschinken, Mann. Vielleicht verwandelt sich ja Nina in Lisa und ihr lebt in eurem Hausboot, hört den ganzen Tag Simon und Garfunkel und lacht, wenn der Hund Männchen macht.
– Ich fühle mich wie Linda Gray, nachdem Dallas eingestellt wurde.
– Ich kann dich beruhigen. Du siehst eher wie Miss Ellie aus.

– Kann nicht alles wie in Dallas sein?
– Hättest du gerne die Frisur von Bobby Ewing?
– In Dallas war es immerhin möglich, dass Jock Ewing von 2 verschiedenen Darstellern gespielt wurde. Es hat niemanden gestört, dass der Neue um mindestens einen Kopf kleiner war. Verstehst du?

Pause.

– Warum kann Nina nicht Lisa sein?
– Ich habe mich geirrt. Du bist nicht Miss Ellie, sondern Cliff Barnes.
– Achtung! Sie kommt zurück.

Nina trägt einen weißen Bademantel.
– Zigarette?
Sie sieht mir zu, wie ich mir noch eine anzünde. Draußen wird es allmählich hell.
– Du brauchst mir die Antwort nicht mehr zu geben.
Ich nicke. Sie zwingt sich zu einem Lächeln.
– Und jetzt?
– Ich glaube, jetzt wissen wir mal, dass 10 Jahre vergangen sind.
Ich lächle.
– Ist eine lange Zeit.
– Sie ist vergangen wie im Flug.
– Weil du nie zurückblickst.
– Weil ich immer das Gefühl hatte, überallhin zurückkehren zu können.
– Schon mal probiert?
– Bis heute Abend noch nicht.
– Und?

Sie schüttelt lächelnd den Kopf. Dann hält sie den Zeigefinger vor den Mund. Wir sehen uns an, wie einen Urlaubsfilm aus vergangenen Tagen.

– Ich habe dich immer beneidet.

– Wofür?

– Man will immer nur das, was man nicht hat.

– Vermutlich.

Werbeunterbrechung. 5 Minuten lang sehe ich Nina einfach nur an. Kaum zu glauben, dass diese Frau ein Kind geboren hat. Ist es das Ende der Reise? Ich kann mir im Augenblick weder vorstellen bei Nina zu bleiben noch zu Lisa zurückzukehren. Ich wünschte, ich wäre ein Unsichtbarer, der den anderen nur beim Leben zusieht und hin und wieder einen raus wählt.

– Also hat das ganze ja doch nichts gebracht

höre ich Paul schon sagen. Und vielleicht hat er ja Recht.

Warum habe ich Nina nicht schon vor 10 Jahren gesucht? Vielleicht hätte ich mir dann einiges erspart.

– Verschwendete Jugend!

Aber vielleicht ist Jugend dafür da, verschwendet zu werden. Und trotzdem: Ich wünsche mir eine zweite Jugend mit dem Wissen eines Alten und dem Schwanz eines 20-jährigen! Ach was. Das ganze klingt weniger nach zweiter Jugend als nach erster Midlifecrisis. Warum kann ich nicht einfach wie mein Vater sein?

Unaufgeregt.

Unprätentiös.

Unaufdringlich.

Uneitel.

Unbeirrt.

Unbekümmert.
Unbenommen.
Unbescholten.
Unbestechlich.
Undramatisch.
Uneigennützig.
Unerschrocken.
Unumschränkt.
Ungewzungen.
Einfach UN.
Ein unverschiebbarer Fels in der Brandung.
James Steward.
Ein Mann, der immer wusste, was er tun musste.
Das Leben als Erledigung zwischen 2 Jenseitsterminen.

Die Suche nach der richtigen Frau war mit Mutter abgehakt.

Ein Beruf ist ein Beruf. Er muss nicht Spaß machen. Sonst würde es ja Privatvergnügen heißen. Ein Mann, der nicht fähig ist, seine Familie zu ernähren, ist kein Mann. Ein Mann ohne Familie ist ein Teenager – egal wie alt er wirklich ist.

– Jungs, ich muss nur kurz etwas erledigen. Bin gleich wieder da.

Die Fettbauchseelen in ihren Whirlpools nicken nur teilnahmslos und reden weiter. Nach 80 Jahren kommt der Vater zurück. Eine der Fettbauchseelen fragt noch:

– Und alles erledigt?
– Ja, ja

sagt der Heimgekehrte, während er sich auszieht, um sich wieder in den Whirlpool zu den anderen zu setzen. Es wird nie wieder ein Wort darüber verloren. Ist auch nicht nötig. Die anderen wissen ganz genau, was es zu erledigen gab. Immerhin haben sie das Gleiche hinter sich gebracht. Deshalb sitzen sie hier. Im Himmel. Weil sie alles brav erledigt haben. Die Männlichkeit meines Vaters begründete sich darin, dass diese Erledigungen selbstverständlich für ihn waren.

Heute habe ich das Gefühl, ich kann mit der Männlichkeit meines Vaters nicht mithalten. Ich bewundere ihn für seine Selbstlosigkeit und die Selbstverständlichkeit, mit der er sein gesamtes Leben auf seine Familie ausrichtete. In den Augen meines Vaters bin ich ein ewiger Teenager, der nicht fähig ist, Verantwortung zu übernehmen. Ich glaube, ich nehme das Leben wichtiger als es mein Vater jemals tat. Er fühlte sich nie dem Drang unterworfen, ein so genanntes außergewöhnliches Leben zu führen. Alles rauszuholen. Erlebt haben zu müssen. Sich selbst für so wichtig zu nehmen, erschien ihm absurd.

Als Jugendlicher hatte ich das Gefühl, dass mein Vater sein Leben verschwendete. Was blieb ihm neben all seinen Pflichten? Nichts. Er opferte sein gesamtes Dasein anderen Menschen. Seiner Frau. Seinem Kind. Seinem Beruf. Mein Vater hat es geschafft sein Leben so auszufüllen, dass es keine leeren Zwischenräume gab. Gewisse Fragen stellten sich für ihn eben nicht. Diese Konzentration machte ihn stark.

Mein Vater hatte mit dem Tod meiner Mutter den Boden unter den Füßen verloren. Die Einheit Familie war keine Einheit mehr. Ich, ein junger Mann, der sich darauf freute, alleine auf die Welt losgelassen zu werden. Mein Vater, der kurz vor der Pensionierung stand. 45 Jahre lang übte er denselben Beruf in derselben Firma aus. Elektrotechniker. Es hätte genauso gut ein anderer sein können. Es war einfach nicht wichtig für ihn.

Als Mutter starb, begann er ein neues Leben. Einerseits, weil er es im Käfig der Erinnerungen nicht ausgehalten hätte.

Andererseits hatte er sicher das Gefühl, seine Aufgaben als Vater erledigt zu haben. Fast neurotisch suchte er sich Beschäftigungsgebiete, wusste nicht so recht, was er mit all dieser unausgefüllten Zeit anfangen sollte. Also begann er zu reisen. Ständig trudelten bei mir Postkarten aus aller Herren Länder ein. Wir haben nie darüber geredet. Mit der Auflösung der Familieneinheit ging auch unsere Gesprächsbasis verloren. Ich weiß zwar, dass mein Vater alles für mich tun würde. Wenn ich pleite bin, borgt er mir Geld. Wenn ich Rat benötige, steht mir mein Vater zur Seite. Er ist mein Vater. Es ist selbstverständlich für ihn. Aber wir fanden keinen anderen Zugang zueinander, als Vater und Sohn zu sein. Es gab keine andere Gesprächsbasis die letzten 20 Jahre. Heute ist es zu spät, um noch Freunde zu werden.

Ich glaube, es gibt nur einen Weg, um wieder eine engere Beziehung zu meinem Vater aufzubauen. Wenn ich ihm einen Enkel schenke, wird die alte Familieneinheit reaktiviert. Erst dann würde mein Vater wieder eine Aufgabe als Familienmensch sehen. Bis dahin sucht er sich andere Beschäftigungsfelder, um seine Zeitlöcher zu stopfen.

Nina dämpft die Zigarette aus und sieht mich an, als wäre ich Bambie und würde erschossen vor ihr liegen. In wenigen Stunden kehrt sie zu ihrem alten Leben zurück. Ich werde dann nicht mehr als eine Sternschnuppe aus der Vergangenheit gewesen sein. Vielleicht wartet sie einfach nur darauf, dass ich ihr einen Grund gebe, mich hierbleiben zu lassen? Mich nicht einfach wieder nach Wien zurück zu schicken. Zumindest nicht heute, sondern erst in 3 Tagen.

– Du hast ein Kind?

Nina sieht mich an, als hätte ich ihr eine mit dem Vorschlaghammer verpasst.

– Ja. Ein Junge.
– Steht wohl auf Eminem?
– Das geht zum Glück vorbei.

Nina lächelt. Sie ist noch jung genug, die Jugend ihres Kindes zu verstehen. Trotzdem sieht sie nicht wie jemand aus, der seine Jugend verschwendet hat.

– Das hätte ich mir nicht gedacht.
– Warum?
– Ich weiß nicht. Es passt nicht zu dem Bild, das ich von dir habe.
– Welches Bild hast du von mir?

Nina ist eine unscharfe Silhouette, die sich am Strand von Zanzibar auf mich zu bewegt. Heute Abend ist etwas in Bewegung geraten. Ich spüre, wie ich meinem Vater immer ähnlicher werde. Ich merke, wie sich immer weniger um mich dreht. Ich ahne, dass Nina noch kein abgeschlossenes Kapitel ist.

Allies

Bin ich tot? Schwebt mein Geist über Amsterdam? Warum liege auf dieser Couch? Wo bin ich? Es ist 12 Uhr Mittag.

– Lisa?
– Ich bin in 3 Tagen zurück.
– Nina?
– Du bist eingeschlafen. Ich habe dich zugedeckt, das Licht ausgeschaltet und dich deinen seltsamen Träumen überlassen.
– Ich stand an dieser Bar.

Der Psychotherapeut nickt nur geistesabwesend und sagt, ich solle doch weiter erzählen.

– Ich stand an dieser Bar und rundherum nur Frauen. Models, die alle aussahen wie die Frauen aus Robert Palmer-Videos. Sie kennen doch diese Videos?

Natürlich kennt er diese Videos. Immerhin hat dieser Mann Psychologie studiert.

– Ich bin schon ziemlich abgefüllt und spüre, dass etwas Eigenartiges mit mir passiert.
– Gleichgewichtsstörungen? Sie sehen alles doppelt? Und reden nur wirres Zeug? In der Psychologie nennt man das einen Rausch.
– Es ist eine Verwandlung. Mit jedem Glas Wodka, das ich in mich hineinschütte, nimmt meine Körperbehaarung drastisch zu.
– Ich verstehe. Sie verwandeln sich in einen Werwolf?
– Genau. Und plötzlich merke ich, dass es keine Robert Palmer-Models sind, die mich umgeben, sondern seltsame Wesen, die aussehen wie eine Mischung aus Mensch und Gazelle.

Der Therapeut nickt verständnisvoll, als hätte er diese Geschichte schon zu oft gehört.

– Und plötzlich werde ich von dem Verlangen übermannt, diese Gazellen zu reißen. Mit einem Satz über die Bar stürze ich mich auf die erste und zerfleische sie. Die anderen Gazellen laufen panisch davon. Raus aus der Bar! Ich lasse die gerissene Frau zurück und jage allen anderen hinterher. Ich hetze sie durch die ganze Stadt. Springe über Autos, stöbere eine nach der anderen auf. Bis ich sie alle gerissen habe und die Sonne aufgeht.
– Verstehe.
– Und wissen Sie, was das Eigenartige an der ganzen Geschichte ist?
– Na, da bin ich aber gespannt.
– Ich habe keine davon angerührt.
– Sexuell?
– Nein. Ich habe sie zwar alle gerissen, aber ich habe keine der Gazellen verspeist.

Der Therapeut lächelt milde und leckt die Seiten seines Notizblockes.

– Wie viele Beziehungen, hatten Sie in den letzten 10 Jahren?
– Paul?
– Erzähl ihm von deinem anderen Traum.
– Welcher andere Traum?
– Der vom umgekehrten Samenerguss.

Ich folge dem Fahrstuhlsound von AIR. Der Fahrstuhl, der noch nicht weiß, wo er hinfährt, befindet sich in der Küche. Dort gibt es Tiefkühlpizza – Nina hat noch immer nicht kochen gelernt – und einen neuen Namen.

– Das ist Helmut, ein Freund von Thomas aus Wien. Er bleibt für 2 Tage.

Helmut? Doch Nina lässt sich nichts anmerken. Sie kümmert sich um die Tiefkühlpizzen. Frederick, der ein „Mothers of Invention"-T-Shirt trägt, begrüßt mich beinahe überschwänglich. Es scheint ihm nichts auszumachen, dass in seiner Abwesenheit ein fremder Mann hier übernachtet hat. Gastfreundlich sieht er mich an. Keineswegs prüfend, sondern vielmehr nach Gesprächsstoff suchend.

– Kaffee?

– Ja, gern.

– Das denk ich mir. Wir haben leider nur Filterkaffee.

Er lächelt konspirativ und deutet auf Nina. Der gestrige Abend hat bei ihr keine Spuren hinterlassen. Zumindest keine, die sie sich vor Frederick anmerken lässt.

Frederick ist Mitte Dreißig und von Beruf Sozialarbeiter. Er strahlt eine ungemeine Ruhe aus. Erleuchtung oder Haschisch?

– Ich arbeite mit drogenkranken Jugendlichen zusammen.

Haschisch.

Man kümmert sich nicht um Drogenkranke. Man arbeitet mit ihnen. Rhetorisches Seminar für Sozialarbeiter Teil 1.

– Kann mir vorstellen, dass es in Amsterdam ein ziemliches Drogenproblem gibt.

Frederick dreht sich mit einer Hand einen Joint.

– Nee. Eigentlich nicht. Nur ohne.

Er lacht. Taxifahrer und Sozialarbeiter besuchen wohl die gleiche Humorakademie.

Nina serviert uns eine Tiefkühlpizza. Frederick deutet auf das zerfetzte Stück Karton:

– Ist immer dasselbe. Sie versprechen dir Cindy Crawford und was du bekommst ist Rudi Carrell.

Es macht ihm nichts aus, dass Nina nicht kochen kann. Ich bin mir nicht sicher, ob ihn überhaupt etwas tangiert.

– Ist wie mit den Drogen, Helmut.
Ich zucke zusammen. Er hat meinen falschen Namen gesagt.
– Was ist wie mit den Drogen?
– Diese Pizza, Mann.

Bergpredigt remixed by MC Sozialarbeiter (Track 1: Tiefkühlprodukte)

– Die meisten Jugendlichen erwarten sich das, was auf der Packung des Lebens angepriesen wird – und alles, was sie bekommen, ist ein Haufen Scheiße, den sie sich mit Drogen schmackhaft machen.

The Frederick Jesus Kifferbeat featuring Clint Eastwood, yo! Now listen to this.

– Ist doch alles nur eine Frage der Erwartungshaltung, die man an das eigene Leben stellt.

Designed by the Helmut B. Buddha Experience. Respect!

– Helmut, du gefällst mir. Aber was ist man heute schon wert, wenn man nicht ein tolles Auto fährt oder genügend Geld am Konto hat. Als Sozialarbeiter kann man da nur wenig Eindruck schinden.

Fredrick nimmt einen Zug von seinem Joint und wendet sich wieder seiner Pizza zu. Nina, die uns den Rücken kehrt:
– Na, dann brauche ich mir ja keine Sorgen zu machen.
Frederick lächelt:
– Man muss sich niemals Sorgen machen. Was soll schon passieren? Erzähl mal von dir, Helmut. Woher kommst du, wohin gehst du und wie geht's dir mit deinem Namen?
Nina dreht sich um. Amüsiert wartet sie auf eine Antwort.
– Nun. Ähhh. Ich … ich bin Schriftsteller. Also, ich glaube, dass ich einer bin.

Frederick bietet zuerst seinen Joint, dann seine Zigaretten feil. Nina lehnt beides ab. Ich greife zu. Zeit, um über einen erfundenen Lebenslauf nachzudenken.

– Und Amsterdam?

– Recherche.

– Recherche.

Er deutet mit einem Augenzwinkern auf seinen Joint.

– Ja. Ich arbeite gerade an einem Roman über… ähhh … einen Typen, der Wien verlässt, weil er glaubt, dass es überall besser ist als dort.

– Verstehe. So ein Typ, der immer nur das will, was er nicht haben kann.

– So ähnlich, ja … wobei ich mir über das Ende noch nicht im Klaren bin.

Fragend sehe ich Nina an. Nur sie kann mir ein Ende liefern. Frederick scheint die Idee zu gefallen. Oder er ist einfach nur stoned.

– Und ein Teil des Buches spielt in Amsterdam?

– Ja. Amsterdam, London, Stockholm, Tokio … der Typ sucht auf der ganzen Welt.

Frederick dämpft seinen Joint aus und lächelt.

– Klingt nach meiner Lebensgeschichte.

– Wieso?

Du hast doch, was ich will.

– Nun, es gab Zeiten, da war ich … ein wenig …

Er sucht nach Worten. Blick auf Nina.

– … orientierungslos. Ich war Musiker. So wie Springsteen oder Dylan.

– Nicht unbedingt das, was heutzutage gefragt ist

antworte ich und denke an seine katastrophale CD-Sammlung.

– Immerhin habe ich es zu einem schlechtbezahlten Studiobassisten gebracht.
– Studiobassist, Sozialarbeiter. Wo ist der Unterschied?
Er ignoriert meinen Scherz. Das Programm ist hochgefahren. Jetzt kommt die Geschichte, die er jedem erzählt, wenn er stoned ist.
– In Kathmandu traf ich diese Frau. Ihr Name war Kathrine. Aus Kalifornien. 1.50 m groß mit einem Rucksack, der mindestens soviel wog wie sie selbst. Sie war seit 2 Jahren unterwegs. Eine von diesen Trampern, die eigentlich nur 4 Wochen lang herumreisen wollten und dann irgendwo hängenbleiben. Sie verließ Australien als Katholikin und kam als Buddhistin zurück. Jedes Mal, wenn ich in der Früh aufwachte, saß sie schon Stunden auf dem beschissenen Balkon, um zu meditieren.

Als Kind habe ich oft gebetet. Gott war so etwas wie ein fiktiver Freund, der immer bei mir war. Wie der Hase Harvey in diesem alten James Steward-Film. Gott war mein Kumpel, der alles verstand. Wir unterhielten uns beim Mittagessen, in Schulstunden, vor dem Schlafengehen. Gott war immer mit von der Partie. Meine Eltern schickten mich zu einem atheistischen Therapeuten, der mir nach einem halben Jahr klargemacht hatte, dass Gott nicht existiert. Meine Eltern fanden, dass Gott meine gesellschaftlichen Chancen minimierte. Immerhin hatte mein erster Freund dafür gesorgt, dass man mich in der Schule für einen Sonderling hielt.
– Hast du schon mal meditiert, Helmut?
Ich will sagen: Ich weiß nicht, ob Helmut schon mal meditiert hat. Vielleicht ist das Rollenspiel die ideale Meditationsform für uns, die mit sich selbst nicht zufrieden sind.

– Beim Meditieren versucht man alle Denkprozesse auszuschalten. Seinen Kopf vollkommen zu entleeren, damit er frei wird von all dem Ballast, der uns unglücklich macht.
– Klingt nach einem klassischen Fernsehabend.
– Vielleicht ist ja Fernsehen die Meditation des Westens. Keine Ahnung. Auf jeden Fall habe ich begonnen mit Kathrine zu meditieren. Stundenlang saßen wir auf diesem scheiß Balkon. Solange bis mir meine Existenz vollkommen absurd vorkam.

Ich stelle mir einen kleinen Balkon in Kathmandu vor. Es riecht nach Gras und Räucherstäbchen. Vor mir sitzt Angelina Jolie. Sie trägt nichts, weil sie Kleidung für eine degenerierte Fehlleitung der westlichen Kultur hält. Ich starre auf ihre Brüste. Denn Angelina sagte: Fixiere einen Punkt und konzentriere dich darauf. Das ganze Zimmer ist voll mit Kerzen. Angelina riecht nach Meer und Geschlechtsverkehr ist für sie nur ein beiläufiges Begrüßungsritual der Natur. Ja. Meine Existenz als Studiobassist in Amsterdam kommt mir reichlich absurd vor.
– Kathrine erzählte mir von einem Platz im Süden von Irland. Dzogchen Beara. Eine Art buddhistische Kommune, die hauptsächlich von Künstlern bewohnt wird. Der Platz liegt über einer Klippe direkt an der Küste. Ein idealer Ort, um sich eine Zeit lang mit sich selbst zu beschäftigen. Also nahm ich den nächsten Flieger nach Irland.

Er tauschte die nackte Angelina Jolie gegen das blasse, rothaarige Irland ein. Der Typ hat wirklich nicht alle Tassen im Schrank. Aber es wäre unhöflich, die Unterhaltung jetzt zu beenden.
– Und in Irland?

Er erzählte mir, dass er es nicht lang ausgehalten hat unter den Buddhisten und deshalb beschloss, seine Seele im benachbarten Dorf mit Guinness reinzuwaschen. Allies hieß der Ort. Und dieser Ort hatte eine Exhibition Hall. Die Permanent Exhibition von Allies. Was konnte in einem Fischerdorf schon großartig ausgestellt werden? Ein paar Töpferarbeiten der ansässigen Hausfrauen vielleicht? An den Wänden hingen 2 mal 3 Meter große Porträts. 87 an der Zahl. Von jedem Bewohner des Ortes eines.

– Erst eine Woche später merkte ich, dass es in Allies zwar 7 Pubs, aber keine Kirche gab.

Frederick lehnt sich zurück und lächelt zufrieden.

– Aber es gab diese Exhibition Hall.

Frederick sieht mich erwartungsvoll an. Er weiß, dass er mir eine gute Geschichte für meinen ungeschriebenen Roman geliefert hat. Irgendwie mag ich diesen Vogel von Sozialarbeiter. Auch wenn er der Vater des Kindes ist, das ich mit Nina niemals hatte. Der Sound von R.E.M. faded in den Vordergrund. Die Kamera fährt zurück. Frederick und Daniel alias Helmut sitzen sich gegenüber und sehen sich lächelnd an. Die Kamera fährt durch das Wohnzimmer. „Hey kid, Rock'n Roll, nobody tells you where to go." Auf dem Boden liegen verstreut CDs und vollgefüllte Aschenbecher. Die Kamera fährt durch das Fenster und entfernt sich immer mehr aus Amsterdam. Blende auf Schwarz. Abspann.

Schnitt. Das Leben hat keinen Abspann und blendet schon gar nicht über. Nach 3 Minuten steht Frederick auf, weil er aufs Klo muss.

– Auch eine Form der Meditation

denke ich mir und beschließe, eines Tages Allies zu besuchen. Doch im Augenblick habe ich andere Sorgen. Ich habe Nina in Amsterdam gefunden und weiß nicht mehr, was ich hier suche. Beim Hinausgehen fragt mich Frederick noch:

– Wie wird er heißen?
– Wer?
– Der Roman?
– Ahh. Der Roman.
Ich überlege. Nina? Einmal Amsterdam und zurück? Frühstück bei Nina? Leben und Sterben in Wien? Leaving Vienna? Sink in hell in Helsinki?
– Frühstück in Helsinki
antworte ich und hoffe, dass er mich nicht fragt, warum. Doch Frederick nickt und bekundet sein Einverständnis.

– Frühstück in Helsinki?
sieht Nina mich verwundert an.
– „Helmut?", gebe ich verächtlich zurück.

Waterloo

Das Kind heißt Daniel. Was mich nicht stört, weil ich im Augenblick ja Helmut heiße.

– Es ist 6 Uhr. Wir sollten Daniel abholen

sagt Frederick, während ich einen gelangweilten Blick auf den Königspalast werfe. Frederick wollte mir für meine Recherchen unbedingt sein Amsterdam zeigen. Es besteht im Wesentlichen aus einer Zoohandlung, 3 Restaurants, 5 Coffeeshops und 7 schrägen Figuren. Nina zückt ein Telefon. Zuerst redet sie Holländisch. Dann mit Daniel. Auf Englisch.

Nach 5 Minuten Fußmarsch klopfen wir an eine grüne Holztür. Eine hübsche Rothaarige, Mitte 30, begrüßt Nina freundlich und küsst Frederick auf die Wange. Anna und Sebastian haben selbst 2 Kinder. Dementsprechend stolpern wir durch ein Schlachtfeld aus Star Wars-Figuren, Playstation-CDs und Barbieklonen. Sebastian sieht ein wenig aus wie Ken, was ihn als Investmentbanker nicht an den Rand der Gesellschaft drängt. Während er entspannt Formel 1 ansieht, kann man in Annas Gesicht die Strapazen der Kindererziehung erkennen. Sebastian ist der klassische Ernährer. Hat er jemals gegen etwas rebelliert? Freizeit, liberaler Sex, schmuddeliges Auftreten? Er und Frederick hassen sich.

Die Wohnung gleicht einem Puppenhaus, das von den Ausstattern von Melrose Place eingerichtet wurde. Designermöbel, ein Flachbildfernseher, amerikanischer Kühlschrank, Nussholzboden, begehbare Garderobe, originale Bilder an den Wänden. Anna und Sebastian stehen auf der Gewinnerseite dieser Gesellschaft. Sie haben es geschafft sich eine perfekte Familie zu inszenieren. Sie leben für die Erinnerung, für das, was am Grab über sie gesprochen werden wird. In ihren Köpfen ist es so leer, dass jeder auftauchenden Frage sofort langweilig wird. Anna und Sebastian leben den Fototapetentag. Ein Standbild, bei dem jede Bewegung nur Unglück bedeutet.

Der Familienvan das Panzerfahrzeug im Krieg gegen verlorene Werte. Doch Ken und Barbie missbrauchen diese Werte zum reinen Selbstschutz. Sie haben eine Scheißangst. Vor Veränderung. Zu versagen. Nicht im Himmel zu bleiben. Geschützter Lebensraum hinter dem Panzerglas des geräumigen Renault Espace. Es lebe die Familie! Es lebe das Gemeinsame. Wenn wir alle die gleichen Sorgen haben, gibt es gemeinsame Werte. Es lebe das Heer der Mittelklassewagen.
– Wer führt?
fragt Frederick, bemüht, Interesse vorzutäuschen.
– Schuhmacher
entgegnet Sebastian. Wobei nicht ganz klar ist, ob sein verächtlicher Tonfall aus der Führung des deutschen Pendants zu Bayern München resultiert oder aus Fredericks vorgetäuschtem Interesse. Für Sebastian ist Frederick der Schuhmacher der Gesellschaft. Ein Durchschummler, ein Gewinner, den niemand haben will. Einer, der sich nicht um Sympathien bemüht. Einer, der sich dem Heer der Familienpanzer mit individualistischem Attribut zur Erhaltung der Illusion besser, anders, reicher zu sein, nicht anschließt. Ein Golf Fahrer. So wie mein Vater. Und ich – seit 4 Monaten. Ja, was soll ich sagen – es ist ein vernünftiges Auto. Es stellt nichts dar. *Just a car.* Wie schon der Slogan sagt. *Just a life.*

Daniel ist 10 Jahre alt. Er hört nicht mehr Nirvana, hat keine Ahnung, wer Samantha Fox ist und findet MTV total öd. Skaten bedeutet ihm mehr als Tennis, das für ihn ein totaler

Schwulensport ist. Er trägt Vans und Schlabberhosen, Benetton und Esprit sind für ihn das, was für mich Nikkipullis und Stirnbänder bedeuten. Ravensburger und Playmobil wird es vermutlich nie in einer Lara Croft Version geben. Und der Zusammenhang von Depeche Mode und elektronischer Musik wird ihm lebenslang ein verborgenes Rätsel bleiben. Die Beatles sind mindestens so uncool wie Tennis. Und Tina Turner ein Brechmittel wie es für mich nur die Weihnachtsplatten von Bing Crosby waren. Wenigstens über letzteres sind wir uns einig. Ansonst gehören Daniel und ich einer unterschiedlichen Generation an.

– Das ist Helmut

stellt mich Nina vor. Ich bin froh, dass ich jetzt Helmut heiße. Der Kleine hätte die Namensgleichheit vermutlich als eine Anbiederung empfunden. Penibel achte ich darauf, nicht den coolen Erwachsenen zu mimen. Klammere lässige Fragen nach den neuesten Star Wars Figuren, Playstation Games oder Eminem News von vornherein aus und fühle mich unheimlich alt dabei.

Daniel gibt mir höflich die Hand. Dann redet er wie verrückt auf Frederick ein. Bei Ken und Barbie gibt es bereits eine Playstation 2. Ich habe das Bedürfnis Daniels Zuneigung zu gewinnen. Vielleicht liegt es an der Namensgleichheit. Was weiß ich. Kurz überlege ich sogar, ihm die verdammte Konsole zu kaufen. Hochverrat an Frederick! Aber vielleicht ist es das, was ich will. In einer beiläufigen Geste beweisen, dass ich der bessere Kerl von uns beiden bin. Daniel, der Schiedsrichter, der zu Nina sagt:

– Warum kann Helmut nicht mein Daddy sein?

– Heil Ken!

rufen die Vanfahrer, die auf der Gewinnerseite des Einkaufzentrums parken dürfen und winken einvernehmlich zurück.

Während Daniel 10 Meter vor uns um sein Leben argumentiert, gehen Nina und ich schweigend hinterher. Ihr Blick folgt abwesend einem vorbeiziehenden Boot. Sie versucht einer Unterhaltung zu entgehen. Wahrscheinlich hat sie Angst, dass ich zu viele Fragen stelle. Aus irgendeinem Grund ist ihr meine Anwesenheit allerdings wichtig. Ich muss ein ziemlicher Vollidiot gewesen sein, den Grund nicht auf Anhieb zu kapieren. Mein Blick ist noch immer blind auf sie gerichtet.

Wir beobachten Daniel, wie er nervös um Frederick herumtänzelt. Er setzt Hände und Füße ein, um diese Schlacht zu gewinnen. Ich Idiot! Natürlich. Jetzt weiß ich, warum mir Frederick so bekannt vorkommt. Jetzt, da er mit Daniel auf der Straße geht, ihn an der Hand hält, habe ich das Bild genau vor Augen. Die 2 alten Frauen aus meinem Traum. Das Kind, das dem roten Ball hinterher sprang. Der Gulden in meiner Hand. Frederick war der Scheißtyp, der mich für einen Obdachlosen hielt. Der mir einen Gulden in die Hand drückte. Dieser verdammte Gutmensch. Ich hoffe, dass sich keiner von beiden erinnern kann. Vor allem nicht Daniel. Ich will nicht, dass er glaubt, dass ich auf einen Gulden von Frederick angewiesen bin. Er soll mich für den Ober-Ken im Barbieland halten. Der gute Onkel, der Playstations bringt und Eminemtexte frei zitieren kann. Ich will mit Daniel um die Häuser ziehen und mit ihm über rote Alpha Romeo-Cabriolets philosophieren. Auch wenn ich darauf noch 10 weitere Jahre warten muss. 10 Jahre? Plötzlich erfasst mich diese Ganzkörperübelkeit und ich kann Holmes sehen, wie er angewidert die Augen verdreht:
– Sie wollen ein Detektiv sein. Sie Dilettant!

Natürlich. Daniel ist 10 Jahre alt. Vor 10 Jahren hat mich Nina verlassen. Thomas hatte die ganze Zeit Kontakt zu ihr. Mein Freund Thomas! Dass ich nicht lache. Wenn ich genau hinsehe, kann ich sein Gesicht in diesem kleinen Bastard erkennen. Oh, Gott bin ich wütend. Oh Gott, hat man mich verarscht. All die Jahre. Verschwendete Jahre.
– Daniel ist von Thomas, stimmt's?
Nina dreht sich um.
– Wie bitte?
– Daniel ist von Thomas.
Ich habe die Wiederholung nicht mehr als Frage formuliert. Ich bin Hercule Poirot und Nina der Täter, den ich vor versammelter Mannschaft entlarve.
– Brauchst du einen Arzt?
Wütend setzt sie sich die Kapuze des Parkas auf und geht davon. Close Up des Detektivs. Pathetische Musik. Abspann.

30 Minuten später. Wir sitzen in einer McDonalds-Filiale. Daniel scheitert an seinem Big Mac. So wie die ganze Welt am Big Mac scheitert. Um den Big Mac ohne Serviette zu bezwingen, muss man ein Jedi sein. Aber Daniel ist noch kein Jedi. Er ist ein 10-jähriger Junge, der sich für Playstation und Eminem interessiert.

Waterloo – I was defeated you won the war
Waterloo – promised to love you forever more
Waterloo – couldn't escape if I wanted to
Waterloo – knowing my fate is to be with you
oh oh oh oh Waterloo – finally facing my Waterloo.

– Was soll an Eminem bitte schlecht sein?
sieht Daniel trotzig in die Runde.

– Die Texte
antwortet Frederick bestimmt und wendet sich zu mir, in der Hoffnung, Unterstützung zu finden:
– Warum können die Kinder nicht Dylan oder Springsteen hören? Da ging es noch um echte Werte. Und nicht um Schwulenbeschimpfung
fragt Frederick.
– Wahrscheinlich weil Kinder nie das hören, was ihren Eltern gefällt.

So. Jetzt habe ich mir das mit dem coolen Onkel aus Österreich auch noch versaut. Daniel glotzt mich verständnislos an. Für Frederick war das zu wenig Unterstützung, um die Eminemschlacht heute für sich zu entscheiden. Nina lächelt kurz über meine Unbeholfenheit. Als ich es merke, setzt sie sofort wieder ihr Steingesicht auf.

– Lass uns doch ins Kino gehen.
Dieser kleine Mann ist ein einziges „Ich will". Es ist 19.30 Uhr.
– Die Disneyabteilung ist schon schlafen gegangen, junger Mann
hätte wohl John Wayne gesagt, wenn er Daniels Vater gewesen wäre. Ist er aber nicht.
– Du hast morgen Schule.
– Dann wenigstens noch ein Eis.
– Aber dann ist Schluss.

Während Daniel und Frederick bei Häagen-Dazs ein Monatsgehalt verprassen, stehen Nina und ich draußen und warten. Sie ignoriert mich noch immer. Hinter der Kapuze sieht sie aus wie der Imperator, der gerade überlegt, wie er den jungen Skywalker loswird.

– Ich verstehe wirklich nicht, warum du sauer bist.
– Ich bin nicht sauer.
– Was dann?

Nina dreht ihren Kopf in meine Richtung. Ihre Augen glühen. Sie streckt ihren langen Zeigefinger aus, um mich endgültig zu vernichten.

– Enttäuscht.
– Von mir? Ich sollte von dir enttäuscht sein.
– Ich bin enttäuscht, dass ich es mit einem derartigen Vollidioten zu tun habe.
– Dann versuche dem Idioten doch mal zu erklären, warum er ein Idiot ist.

Sie nimmt ihre Kapuze ab und sieht mir in die Augen. Langsam tritt sie näher. Ich habe Angst, dass sie handgreiflich wird.

– Weil Daniel dein Sohn ist … du Vollidiot. Ich habe mir gedacht, das wäre offensichtlich.

Dann setzt sie die Kapuze wieder auf und verwandelt sich zurück in den Imperator, der stoisch das Geschehen beobachtet.

– You're not a Jedi yet

höre ich meine innere Stimme mit Hall.

Zuhause angekommen wankt der junge Skywalker sofort ins Bett. Hat sich schon auf der Straße kaum auf den Beinen halten können.

– Einen Drink?
– Ja, gerne.

Als Frederick in der Küche verschwindet, schießt es sofort raus aus mir:

– Warum?
– Du kennst doch die Geschichte von den Bienen und den Blumen.

– Ich meine, warum?

Ich habe keine Ahnung, was ich meine. Es ist das einzige Wort, das mir sofort in den Sinn kommt. Warum? Unendlich viele Antworten. Ich bin nicht schockiert. Zumindest nicht so stark, wie ich es sein sollte. Dafür stehe ich zu stark unter Schock. Ich bin froh, dass es nicht von Thomas ist. Vollidiot!

– Warum was?
– Warum erst jetzt? Warum hast du es mir nicht gesagt? Warum jetzt?
– Weil ich das Kind wollte, aber nicht dich. Es sollte dich nicht belasten.
– Warum?
– Weil es nicht dein Kind ist.
– Ich dachte, es wäre meines.
– Du hast es gezeugt. Aber du bist nicht sein Vater. Oder empfindest du das anders?

Ich fühle nichts im Augenblick. Ich weiß nicht mal, ob ich mir verarscht vorkommen soll. Wahrscheinlich schon. Aber ich kann es nicht fühlen.

– Also war das Kind der Grund, warum du weggegangen bist?

Bravo Watson. Frederick betritt das Wohnzimmer und versucht mit seinem positiven Charisma parasitäre Wellen zu schlagen. In seinen Händen 2 Drinks. Wo ist mein Laserschwert, damit ich diesen Ersatz-Kenobi richten kann? Es ist Darth Vader, der sich hinter der Maske von Helmut versteckt. Und das asthmatische Röcheln ist meine innere Stimme, die sprachlos außer Atem kommt.

– Frederick?

Nina sieht ihn gereizt an. Frederick hält die beiden Drinks in der Hand und versteht nicht, was los ist.

– Ja?

– Macht es dir etwas aus, wenn du uns kurz alleine lässt?
Frederick ist verwirrt.
– Ähhh.
– Alles in Ordnung,
versichert Nina.
– Ich muss nur mit Daniel … ähhh … Helmut etwas besprechen.
Frederick sieht mich an.

Ähhhhhhhhhhhhhhhhhhhhhhhhhhhhhhhhhhhhhhhhhhhhhhhhhhhhhhhhhhhhhhhhhhhhhhhhhhhhhhhhhhhhhhhhhhhhhhhhhhhhhhhhhhhhhhhhhhhhhhhhhhhhhhhhhhhhhhhhhhhhhhhhhhhhhhhhhhhhhhhhhhhhhhhhhhhhhhhh.
– Klar Schatz.
Er setzt seine „Ich habe für alles Verständnis“-Mimik auf. Eine unheilbare Epidemie, die im Endstadium dafür sorgt, dass der Erkrankte bei den Worten Buddha und Dylan nur noch leer vor sich hinlächelt.
– Was wirst du ihm sagen?
deute ich in Richtung Nebenzimmer. Nina schüttelt den Kopf.
– Ich weiß es noch nicht. Er wird auch nicht fragen. Er hat es verdient, Daniels Vater zu sein.
– Ich hingegen nicht
unterbreche ich vorwurfsvoll.
– Helmut, bitte …
– Daniel.
– Sorry.
Betretenes Schweigen.
– Ich will, dass du ehrlich zu mir bist. Frederick ist nicht hier. Also Schluss mit den Spielchen.

Das war sein Stichwort. Plötzlich steht Frederick wieder in der Tür. In seinen Händen noch immer die Drinks. Zerstreut deutet er auf die beiden Gläser.

– Dachte nur, dass ihr die vielleicht brauchen könnt.

Ähhhhhhhhhhhhhhhhhhhhhhhhhhhhhhhhhhhhhhhhhhhhh hhhhhhhhhhhhhhhhhhhhhhhhhhhhhhhhhhhhhhhhhhhhhh hhhhhhhhhhhhhhhhhhhhhhhhhhhhhhhhhhhhhhhhhhhhhh hhhhhhhhhhhhhhhhhhhhhhhhhhhhhhhhhhhhhhhhhhhhhh hhhhhhhhhhhhhhhhhhhhhhhhhhhhhhhhhhhhhhhhhhhhhh hhhhhhhhhhhhhhhhhhhhhhhhhhhhhhhhhhhhhhhhhhhh.

– Danke

sagt Nina übertrieben zärtlich und nimmt ihm die Drinks aus der Hand.

Warten.

Schweigen.

Lächeln.

Warten.

Nicken.

Frederick geht ab.

– Was weiß er?

– Er glaubt, dass Daniel das Resultat eines One-Night-Stands ist. Ich habe ihm gesagt, dass ich den Vater nicht kenne.

– Was ja nicht ganz der Wahrheit entspricht.

– Nicht ganz. Aber irgendwie schon.

– Wie soll ich das verstehen?

Ich nippe an meinem Drink und warte, mit welcher Ausrede Frederick als nächstes durch diese Tür treten wird.

– Ich wollte dieses Kind für mich allein. Es sollte mit dir nichts zu tun haben.

– Aber warum? Immerhin habe ich auch eine Kleinigkeit dazu beigetragen.

– Eben. Eine Kleinigkeit. Mehr nicht. Ich wollte auch nicht, dass es mehr wird.
– Aber warum?
Warum. Warum. Warum.
Nina wirkt genervt.
– Weil du nicht der Mann warst, mit dem ich mein Leben verbringen wollte. Wir waren viel zu jung Daniel. Aber dieses Kind, ich war mir nicht sicher, ob ich es wollte, ob ich bereit bin.
– Du kannst nicht mehr davonlaufen.
– Vielleicht war es genau das, was ich wollte. Ich wollte nicht mehr die Diplomatentochter sein, die wie ein Wanderzirkus herumzieht.
– Und Thomas? Warum wusste er von allem?
Ich nehme noch einen kräftigen Schluck von meinem Drink. Nina zündet sich eine Zigarette an.
– Thomas war ein echter Freund. Das war genau das, was ich brauchte. Ich hatte ja zu meinen alten Freundinnen den Kontakt abgebrochen. Thomas hat mir geholfen. Er hat mir sogar Geld geliehen.
– Haben es deine Eltern nicht gewusst?
– Doch. Aber ich wollte es alleine schaffen. Sie bestanden nur darauf, dass ich zu ihnen nach London ziehe.
– Weil sie dort lebten.
– Genau.
– Sind sie immer noch dort?
Nina sieht auf den Boden und schüttelt den Kopf.
– Nein. Sie leben in Vietnam.
– Vietnam?
– Ja. Fucking Vietnam.
– Warum hast du dich entschlossen, mir jetzt die Wahrheit zu sagen?

– War doch nicht zu verbergen.
– Du hättest es nicht so weit kommen lassen müssen. Ich meine, ich hätte nicht ewig vor deiner Haustür gewartet.

Nina schenkt mir einen skeptischen Blick. Ich lächle.

– Na ja, vielleicht. Aber dir wäre schon etwas eingefallen.
– Thomas hatte Recht.
– Was?
– Als er anrief und mir sagte, dass du auf dem Weg nach Amsterdam bist, bin ich völlig ausgerastet. Er wusste, dass er es dir auf keinen Fall erzählen durfte. Aber er hatte Recht.
– Womit?
– Eines Tages wird Daniel wissen wollen, wer sein richtiger Vater ist. Und dann wird er an deine Tür klopfen. Du solltest darauf vorbereitet sein. Thomas glaubte, du bist jetzt soweit.
– Ich bin jetzt so weit?

Dieser selbstgefällige Wichser.

– Ich musste sicher sein, dass du mich nicht mehr liebst, verstehst du? Das Kind hat mit uns nichts zu tun. Es soll alles so bleiben, wie es ist. Frederick ist der perfekte Vater für Daniel.
– Thomas wusste, dass ich dich nicht mehr liebe? Ich wusste es selbst nicht.
– Thomas ist eben ein guter Freund. Egal, was vorgefallen ist.

Wahrscheinlich hat sie Recht. Er hat genau das Richtige getan. Ich habe keine Ahnung, wie ich damals auf das Kind reagiert hätte. Wahrscheinlich wäre ich nach London gezogen und hätte auf meinen Anteil bestanden. Koste es, was es wolle. Das wäre für keinen von uns gut gewesen. Schon gar nicht für Daniel.

Frederick kommt herein.
– Noch Drinks?
– Ich glaube, wir haben alles besprochen.
Ich nicke und starre beim Fenster hinaus. Endlich Stille. Endlich Testbild.
– Aber ein Drink kann nicht schaden.
höre ich mich sagen.

Ich habe das erste Mal das Gefühl, das Kapitel Nina für mich abschließen zu können. Vor mir sitzt ein vollkommen fremder Mensch, der mit der alten Nina nichts zu tun hat. Ich bin nicht verliebt in sie. Außer Daniel und einer gemeinsamen Vergangenheit verbindet uns nichts.

Ich lehne mich zurück. Nichts muss mehr sein. Nichts muss passieren. Nichts ist vonnöten.

Nina steht auf. Wir müssen uns nicht mehr lieben. Das ist vorbei. Aber wir können uns respektieren. Sie gähnt. Es ist ein selbstzufriedenes Gähnen, das nur mit Frederick und Daniel möglich scheint.

– Morgen ist auch noch ein Tag.
sagt Nina.
– Morgen ist auch noch ein Tag.

Das Telefon hat aufgehört zu läuten. Es muss sich wohl jemand verwählt haben.

Helsinki

Wenn man seine Freundin nach 2 Jahren plötzlich wieder vom Flughafen abholt, kann dies 3 Gründe haben:

1. Man bleibt ewig zusammen.
2. Man besitzt keine Auto, ist aber selbst gerade angekommen.
3. Die Freundin ist Flugbegleiterin.

Da in meinem Fall alle 3 Gründe zutreffen, laufe ich gegen 9.30 Uhr von der Ankunftshalle in Richtung Bürogebäude der Airline. Dort, wo die Flugbegleiter ihre Klamotten wechseln und eigentlich nicht damit rechnen, dass irgendein durchgeknallter Liebhaber auftaucht, um zu sagen:

– Es ist alles in Ordnung mit uns. Ich will dieses Kind, Verstehst du? Ich will dieses verdammte Kind, wie ich noch nie etwas wollte. Nur dich will ich noch mehr. Also komm auf keine blöden Gedanken, wenn du in irgendeinem Karaokecontainer abtanzt. Auch wenn die Luftfeuchtigkeit irgendetwas zwischen 50 % und 80 % beträgt. Ich bin jetzt für alle Langstrecken gerüstet. Und wenn du zur Bodenstation wechselst, dann schalten wir den Autopiloten ein und gehen schlafen.

Gestern fuhren Nina und ich an den Stadtrand, um einfach nur in der Sonne zu liegen. Daniel lud seine Freunde Luke Skywalker, Darth Vader und Han Solo ein. Und so lagen wir zu sechst auf einem großen Liegetuch, auf dem der Strand von Zanzibar abgedruckt war. Ein Fototapetentag? Nein. Ein Tag wie jeder andere vom Rest meines Lebens.

Daniel weiß noch nicht, dass ich sein leiblicher Vater bin. Muss er auch nicht. Solange er nicht danach fragt. Der Zeitpunkt wird früher oder später kommen. Dann werde ich gewappnet sein und hoffen, dass er sich an Helmut nicht mehr erinnern kann.

Als wir auf Zanzibar lagen, Daniel und ich den Krieg der Sterne für uns entschieden hatten, fragte ich Nina, ob sie Frederick irgendwann die Wahrheit sagen würde. Über mich. Helmut. Und über Daniel.

Sie starrte in den strahlendblauen Himmel und schüttelte nur lächelnd den Kopf.

– Die Wahrheit würde nicht der Wahrheit entsprechen.

Warum können Freunde nie auch Freunde sein?

Wenn Frederick erfährt, dass Helmut der richtige Vater ist, würde das sein Verhältnis zu Daniel schlagartig ändern. Daniels leiblicher Vater ist eine virtuelle Gestalt aus einem One-Night-Stand.

Die Wahrheit würde also nicht der Wahrheit entsprechen. Das weiß Nina. Das weiß ich. Im Grunde weiß es auch Daniel.

– Warum hast du ihn Daniel genannt?

Nina hält in ihrer linken Luke Skywalker und in ihrer rechten Darth Vader.

– Wer sagt, dass ich nicht auch noch einen anderen Daniel kannte?

Sie lächelte und hielt mir den röchelnden Darth Vader vor das Gesicht.

– Sag schon.

– Ich fand, dass er dir ähnlich sah. Es sollte dein Anteil sein. Damit sind wir quitt.

Daniel lässt gerade Han Solo im Kampf gegen Darth Vader sterben. Wer steckt hinter der Maske von Darth? Daniel? Sag schon. Aber Daniel kann meine Gedanken nicht hören. Noch nicht.

Ich laufe in Slowmotion durch die Ankunftshalle.

Ich laufe und laufe. Bis hinüber in den Terminal 2, einer Gruppe roter Uniformen entgegen.

– Lisa! Lisa! Lisa!

Oh Gott, dieser ölige Lippenstift. Egal. Wir müssen ohnehin über so viel reden. Ich habe mir im Kopf schon eine Liste zurechtgedacht.

– Daniel?

– Ich wollte dich einfach nur abholen.

– Ist irgendetwas passiert?

– Nichts Schlimmes.

Als sie mich umarmt, rieche ich Mutters Parfum.

– Du hast ein neues … ähhh … Parfum?

– Ja. Magst du es?

– Habe es schon als Kind gehasst.

Dann küsst sie mich mit ihren öligen Lippen. Egal. Dieser Kuss fühlt sich richtig an. Es gibt nichts, worüber wir reden müssten. Weil es hier nichts zu bereuen gibt.

– Ich habe übrigens eine gute Nachricht für dich. Ich habe gestern die Regel bekommen. Bin also nicht schwanger.

– Und warum soll das eine gute Nachricht sein?

– Ach. Ich hatte nur das Gefühl …

– Falsches Gefühl.

Ich habe mir vorgenommen, Lisa alles zu erzählen. Von Thomas und Ingrid, Nina und Daniel. Nur Tania? Diesen Teil können wir weglassen. Die Wahrheit würde nicht mehr der Wahrheit entsprechen. Mein Blick fällt auf die Abflugtafel. Weg! Um noch ein wenig Zeit miteinander zu verbringen. Etwas anderes als Taormina. Etwas, das nur uns gehört. 10.55 Uhr, Helsinki. Ein spätes Frühstück ginge sich noch aus.

– Hast du gewusst, dass Helsinki eine noch höhere Selbstmordrate hat als Wien?
Lisa lächelt und folgt meinem Blick auf die Anzeigetafel.
– Wie wär's mit einem Frühstück ?
– Warum nicht?
Ja. Warum eigentlich nicht? Besser als: Warum eigentlich? Ich brauche nur ein neues Hemd. Ich stinke erbärmlich.